U0071113

教你讀
唐代傳奇 聶隱娘

劉瑛——著

代序　短篇小說

「小說」一詞，最早出現在《莊子》的〈外物〉篇中：

飾小說以干縣令，其於大道亦遠矣。

意思是說：「瑣屑之言，非道術所在。」（魯迅：《中國小說史略》第一篇）。

《論語》中，子夏說：

雖小道，必有可觀者焉。致遠恐泥。是以君子不為也。

《漢書．藝文志》列小說十五家。並有下面一段解說：

小說家者流，蓋出於稗官。街談巷語，道聽塗說者之所造也。孔子曰：「雖小道，必有可觀者焉。致遠恐泥。是以君子弗為也。」然亦弗滅也。閭里小知者之所及，亦使綴而不忘。如或一言可採，此亦狂夫之所議也。

這十五家小說，一千三百八十篇，早已散佚。內容如何，無從可考。但從班固的註語，尚可知道梗概。班固說：

諸書大抵或託古人，記古事。託人者，似子而淺薄。記事者，近史而悠謬者也。（悠謬，荒遠無稽也。）

意思是說：這些「小說」的內容，不過是「一些議論，一些故事」而已。

東漢桓譚的《新論》中說：

小說家合殘叢小語，近取譬喻，以作短書。治身理家，有可觀之辭。

大抵是說：小說不過說些忠孝節義的小故事，有益於治身理家者也。《隋書・經藉志》列經、史、子、集四部，而把小說歸入「子」中。計二十五部。合一百五十五卷。今日尚存的《世說》、《笑林》等，都列名其中。其後有注云：

> 小說者，街說巷語之說也。傳載輿人之誦，詩美詢于芻蕘。古者聖人在上，史為書，瞽為詩，工誦箴諫，大夫規誨，士傳言而庶人謗。孟春，徇木鐸以求歌謠，巡省觀人詩，以知風俗。過則正之，失則改之，道聽塗說，靡不畢紀。周官，誦訓「掌道方志以詔觀事，道方慝以詔辟忌，以知地俗」；而訓方氏「掌道四方之政事，與其上下之志，誦四方之傳道而觀衣物」，是也。孔子曰：「雖小道，必有可觀者焉，致遠恐泥。」

《宋史・藝文志》只列經、史、子、集四大部。而在「史」中，有「故事類」和「傳記類」。如《列女傳》、《太真外傳》、《高士傳》、《貞觀政要》等書，都列在其中。

宋朝耐得翁所撰的《都城紀勝》一書，其中所指出的「小說」，乃是當時市場中由「說話」人口中所講的「故事」。書中說：

> 說話有四家：一者「小說」，謂之「銀字兒」，如胭粉、靈怪、傳奇。「說公案」皆是朴刀、桿棒及發跡、變態之事。「說鐵騎兒」：謂士馬金鼓之事。「說經」，謂演說佛書。「說參請」，謂賓主參禪悟道等事。「講史書」，講說前代書史文傳興廢戰爭之事。……「合生」，與起今隨今相似，各占一事。

耐得翁所說，所謂「說話有四家」，有如今日的「說書」人。他所說的四家，卻提出五家：小說、說經、說參請、講史書和合生。實際上：說經和說參請合為一家。故仍算四家。

宋代周密所著的《武林舊事》記載：

> 淳熙八年正月正日……上侍太上於欏木堂香閣內，說話宣押棊待詔并小說人孫奇等十四人，下棊兩局，分賜銀絹。

提出「小說人」的名稱。他書中又列出：「演史」喬萬卷等二十三人。「說經」長嘯和尚等十七人。「小說」孫奇等五十二人。「說諢話」蠻張四郎一人。

宋吳自牧的《夢粱錄》中也說：「說話者謂之舌辯。雖有四家數，各有門庭。」他列出「小說」、「談經」、「講史」和「商謎」名。每一家下，也列出當時最出色的演說者。

明郎瑛的《七修類稿》中說：

> 小說起宋仁宗時。蓋世太平盛久，國家閒暇，日欲進一奇怪之事以娛之。故小說得勝頭迴之後，即云：「話說趙宋某年。」若夫近時蘇刻幾十家小說者，乃文章家之一體。詩話傳記之流也。

似乎到了明代，以往「小說人」所「說」的，才編寫成書，成為「文章家之一體。」

筆者十歲時離開故鄉逃難。記得離家以前，常到我們老家主屋第三進「新屋」樓上偷看祖父留下的整一層樓的書，包括二十四史、資治通鑑、古今圖書集成等大部頭書。都是線裝的。我也時常看到七字一句的「小說」，原來是「陶真」的唱詞。所謂「陶真」，明代田汝成的《西湖遊覽志餘》書中說：

> 杭州男女瞽者，多學琵琶，唱古今小說平話，以覓衣食。謂之「陶真」。

清代褚人穫的《堅瓠九集》中也有同樣的記載。清代瞿灝的《通俗編》中說：

《新論》：「小說家合殘叢小語，近取譬喻，以作短書。」按古凡雜說短記，不本經典者，概比小道。謂之小說。乃諸子雜家之流。《輟耕錄》言宋有諢詞小說，乃始指今小說矣。《水東日記》稱：書坊射利之徒，偽為小說雜書。農工商販，抄寫繪畫、家蓄而人有之。痴騃婦女，尤所酷好。因目為女《通鑑》。

清代梁章鉅的《歸田瑣記》中也說：

小說九百，本自虞初。此子部之支流也。而吾鄉村里，輒將故事編成七言，可彈可唱者，通謂之小說。據《七修類稿》云：「起於宋時宋仁宗朝。太平盛久，國家閒暇，日欲進一奇怪之事以娛之，故小說興。」

清代俞樾所著《九九消夏錄》中說：

《永樂大典》有平話一門，皆優人以前代軼事敷衍而口說之，見《四庫全書提要》雜史類附註。……疑明代通行小說平話。

明胡應麟所著《少室山房筆叢》，其〈九流諸論〉篇中有論及小說。他說：

小說家一類。又自分數種。一曰志怪。搜神、述異、宣室、酉陽之類是也。一曰傳奇。飛燕、太真、崔鶯、霍玉之類是也。一曰雜錄。世說、語林、瑣言、因話之類是也。一曰叢談。容齋、夢溪、東谷、道山之類是也。一曰辨訂。鼠璞、雞肋、資暇、辨疑之類是也。一曰箴規。家訓、世範、勸善、省心之類是也。談叢、雜錄二類。最易相紊。又往往兼有四家。而四家類多獨行。不可攙入二類者。至於志怪、傳奇。尤易出入。或一書之中。二事並載。一事之內。兩端具存。姑舉其重而已。

他所說的六類，只有傳奇一類近於今日的小說，他又說：

小說。子書流也。然談說理道。或近於經。又有類注疏者。紀述事迹。或通於史。又有類志傳者。他如孟棨本事。盧瓌抒情。例以詩話文評。附見集類。究其體製。實小說者流也。至於子類雜家。尤相出入。鄭氏謂古今書家所不能分有九。而不知最易混淆者小說也。必備見簡編。窮究底裡。庶幾得之。而冗碎迂誕。讀者往往涉獵。優伶遇之。故不能精。

他還論及唐代小說乃出諸文人之手。他說：

小說。唐人以前。紀述多虛。而藻繪可觀。宋人以後。論次多實。而彩豔殊乏。蓋唐以前出文人才士之手。而宋以後率俚儒野老之談故也。

清代紀昀編撰《四庫全書總目提要》，把小說分為三類：

一、敘述雜事，如《西京雜記》，《世說新語》等是。二、記錄異聞。如《山海經》、《穆天子傳》、《搜神記》等書是。三、綴緝瑣語。如《博物志》、《述異記》、《酉陽雜俎》等是。

似乎是把小說的範圍擴大到雜記、筆記，甚至考證等。今日的所謂「小說」，範圍要小得多。我們先以短篇小說來說。《大英簡明繪圖百科全書》對短篇小說的解釋謂：

短篇小說不但是有趣的讀物，而且常引導讀者瞭解故事中的人物緣何而行動。為讀者敘出人生新奇的一面。或描寫生動的動作，或引起深切的感情印象，或敘述一個細微、但具有意義的瑣事。作者在日常生活中尋求題材，將人生的矛盾和毫無目的的小事，串連成一個井然有序、而易於瞭解的文字圖畫，若作者的文學修養有素，則他的作品可以稱之為藝術品。

威廉氏《短篇小說作法研究》從各家對短篇小說的定義中，歸列出四點結論：

（一）散體敘事文
（二）產生一定的印象或效果。
（三）所陳述的是一種，而且只是一種——境遇或事蹟。
（四）必要有戲劇性的要素。（商務人人文庫、張志澄譯。）

我們認為，一篇好的短篇小說：

第一，它必須有鮮明的主角。

第二，它必須創造出有個性的人物。

第三，它必須有戲劇性的場面。

第四，它通常寫日常生活中所發生的事。

第五，它必須是千錘百煉的文學作品。

第六，它的情節必須感人。

第七，假如是短篇小說，它傳達給讀者只有一個單一的印象。如悲、喜、憤怒、滑稽、恐怖。

這是我們對短篇小說的認識。

本書中所蒐錄的幾篇傳奇，像〈聶隱娘〉、〈裴航〉、〈孫恪〉各篇，莫不有鮮明的主角，突出的人物，感人的情節，驚奇的場面，而且文字優美，詩歌華艷，雖稱之為精美的短篇小說，似乎也不過分。

目次

代序　短篇小說……3
一、紅線傳……15
二、聶隱娘……37
三、崑崙奴……50
四、薛偉……62
五、張逢……72
六、孫恪……79
七、裴航……94
八、崔護……108
九、破鏡重圓……115

十、三夢記……121
十一、李謩……133
十二、綠翹……144
十三、盧涵……154

一、紅線傳

袁郊

潞州❶節度使薛嵩❷家有青衣紅線者，善彈阮咸❸，又通經史。嵩召俾其掌牋表❹。號曰內記室❺。

時軍中大宴，紅線謂嵩曰：「羯鼓❻之聲，頗甚悲切。其擊者必有事也。」嵩素曉音律。曰：「如汝所言。」乃召而問之。云：「某妻昨夜身亡，不敢求假。」嵩遽令歸。

是時至德❼之後，兩河未寧❽，初置昭義軍❾，以釜陽為鎮❿，命嵩固守。控壓山東。殺傷之餘，軍府草創。朝廷命嵩遣女嫁魏博⓫節度使田承嗣⓬男。又遣嵩男娶滑臺⓭節度使令狐璋⓮女。三鎮綿交為姻婭⓯。使蓋日浹往來⓰。

而田承嗣常患肺氣，遇熱增劇。每曰：「我若移鎮山東，納其涼冷，可以延數年之命⓱。」乃募軍中武勇十倍者，得三千人。號外宅男。而厚其廩給。常令三百人夜直⓲州宅，卜選良日，將併潞州[19]。

嵩聞之，日夜憂悶，咄咄自語[20]，計無所出。時夜漏將傳[21]，轅門已閉[22]。杖策庭除間[23]，惟紅線從焉。

紅線曰：「主自一月不遑寢食[24]。意有所屬，豈非鄰境乎？」

嵩曰：「事繫安危，非汝能料。」

紅線曰：「某誠賤品，亦能解主憂者。」

嵩聞其語異，乃曰：「我不知汝是異人，我暗昧也。」遂具告其事曰：「我承祖父[25]遺業，受國家重恩。一日失其疆土，則數百年勳伐盡矣！」

紅線曰：「此易與耳。不足勞主憂焉。暫放某一到魏城，觀其形勢，覘其有無[26]，今一更首塗[27]，五更可以覆命。請先定一走馬使[28]，具寒暄書[29]。其他則待某卻迴也。」

嵩曰：「但事或不濟[30]，反速其禍，又如之何？」

紅線曰：「某之此行，無不濟也。」乃入闈房，飾其行具。梳烏蠻髻[31]，貫金雀釵[32]，衣紫繡短袍，繫青絲絇履[33]，胸前佩龍文匕首，額上書太乙神名[34]。再拜而去，倏忽不見。

嵩乃返身閉戶，背燭危坐。時常飲酒，不過數合[35]。是夕舉觴十餘不醉。忽聞曉角吟風，一葉墜落[36]。驚而起問，即紅線迴矣。

嵩喜而慰勞，問：「事諧否？」

紅線曰：「不敢辱命。」

又問曰：「無殺傷否？」

曰：「不至是。但取床頭金合為信耳。」

紅線曰：「某子夜前三刻，即到魏城。凡歷數門，遂及寢所。聞外宅兒止於房廊，睡聲雷動。見中軍卒步於庭下，傳叫風生。某乃發其左扉，抵其寢帳。田親家翁止於帳內，鼓趺酣眠[37]。頭枕文犀，髻包黃縠[38]。枕前露七星劍。劍前仰開一金合。合內書生身甲子[39]，與北斗神名[40]。復以名香美珠鎮其上。然則揚威玉帳[41]，坦期心豁於生前[42]。熟寢蘭堂[43]，不覺命懸於手下。寧勞擒縱，只益傷嗟。時則蠟炬烟微，爐香燼委。侍人四布，兵仗交羅[44]。或觸屏風，鼾而嚲者[45]。或手持巾拂，寢而伸者。某乃拔其簪珥，縻其襦裳[46]。如病如醉，皆不能寤[47]。遂持金合以歸。出魏城西門，將行二百里。見銅臺高揭[48]，漳水東注[49]，晨雞動野，斜月在林。忿往喜還，頓忘於行役[50]。感知酬德，聊副於心期[51]。所以夜漏三時，往返七百里。入危邦，經五六城。冀減主憂，敢言其苦[52]！」

嵩乃發使入魏，遺田承嗣書曰：「昨夜有客從魏中來，云：自元帥頭邊獲一金合[53]，不敢留駐，謹卻封納[54]。」專使星馳，夜半方到[55]。見搜捕金合，一軍憂疑。使者以馬箠撾門[56]，非時請見。承嗣遽出。使者乃以金合授之。捧承之時，驚怛絕倒[57]。遂留使者止於宅中。狎以宴私，多其錫賚[58]。

明日，專遣使齎[59]帛三萬疋，名馬二百匹，雜珍異等，以獻於嵩曰：「某之首領，繫在恩私[60]。便宜知過自新，不復更貽伊戚[61]。專膺指使，敢議姻親[62]。注當捧轂後車[63]，來則揮鞭前馬[64]。所置紀綱外宅兒者，本防他盜，亦非異圖。今並脫其甲裳，放歸田畝矣。」由是一兩月內，河北河南，信使交至。

忽一日，紅線辭去。

嵩曰：「汝生我家，今將安往？又方賴汝，豈可議行？」

紅線曰：「某前世本男子，歷江湖間，讀神農藥書[65]，而救人災患。時里有孕婦，忽患蠱癥[66]，某以芫花酒[67]下之。婦人與腹中二子俱斃。是某一舉殺其三人。陰司見誅，陷為女子，使身居賤隸。氣稟賊星[68]，所幸生於公家，今十九年矣。身厭羅綺，口窮甘鮮。[69]寵待有加，榮亦甚矣。況國家建極[70]，慶且無疆[71]。此輩背違天理，理當盡弭[72]。昨至魏邦，以是報恩。今兩地保其城池，萬人全其性命[73]。使亂臣知懼，烈士安謀。[74]在某一婦人，功亦不小。固可贖其前罪，還其本身。便當隱跡塵中，棲心物外。澄清一氣，生死長存[75]。」

嵩曰：「不然。遺爾千金，為居山之所給。」

紅線曰：「事關來世，安可預謀？」

嵩知不可留，乃廣為餞別。悉集賓僚[76]，夜宴中堂。嵩以歌送紅線酒。請座客冷朝陽[77]為詞。詞曰：

採菱歌怨木蘭舟，送客魂消百尺樓。
恰似洛妃乘霧去，碧天無際水空流。

歌竟，嵩不勝其悲。紅線拜且泣。因偽醉離席[78]，遂亡所在。

校志

一、本文根據商務《舊小說》第三集〈紅線傳〉與世界書局《唐人傳奇小說》校錄、分段、並加注標點符號。其文不通順之處，則根據《太平廣記》卷一九五〈紅線〉略作修正。

二、《太平廣記》卷一九五題名〈紅線〉，後注「出《甘澤謠》。」《甘澤謠》著者為袁郊。《舊小說》則以著者為「楊巨源」。題下還有「又見甘澤謠及劍俠傳」字樣。究竟誰是作者？世界書局楊家駱主編的《唐人傳奇小說》所收入的〈紅線〉，則係據明鈔本《說郛．甘澤謠》校錄。我們也認為此文是由袁郊所撰。

三、由於廣記所錄與舊小說所載相異之處甚多，我們將廣記文附後，以資參考。

紅線

紅線，潞州節度使薛嵩青衣。善彈阮，又通經史，嵩遣掌牋表，號曰「內記室」。時軍中大宴，紅線謂嵩曰：「羯鼓之音調頗悲，其擊者必有事也。」嵩亦明曉音律，曰：「如汝所言。」乃召而問之，云：「某妻昨夜亡，不敢乞假。」嵩遽放歸。

時至德之後，兩河未寧，初置昭義軍，以釜陽為鎮，命嵩固守，控壓山東。殺傷之餘，軍府草創。朝廷復遣嵩女嫁魏博節度使田承嗣男，男娶滑州節度使令狐彰女；三鎮互為姻婭，人使日浹往來。而田承嗣常患熱毒風，遇夏增劇。每曰：「我若移鎮山東，納其涼冷，可緩數年之命。」乃募軍中武勇十倍者得三千人，號「外宅男」，而厚恤養之。常令三百人夜直州宅。卜選良日，將遷潞州。

嵩聞之，日夜憂悶，咄咄自語，計無所出。時夜漏將傳，轅門已閉，杖策庭除，唯紅線從行。紅線曰：「主自一月，不遑寢食，意有所屬，豈非鄰境乎？」嵩曰：「事繫安危，非汝能料。」紅線曰：「某雖賤品，亦有解主憂者。」嵩乃具告其事，曰：「我承祖父遺業，受國家重恩，一旦失其疆土，即數百年勳業盡矣。」紅線曰：「易爾，不足勞主憂。乞放某一到魏郡，看其形勢，覘其有無。今一更首途，三更可以復命。請先定一走馬兼具寒暄書，其他即俟某卻迴也。」

嵩大驚曰：「不知汝是異人，我之暗也。然事若不濟，反速其禍，奈何？」紅線曰：「某之行，無不濟者。」乃入閨房，飾其行具。梳烏蠻髻，攢金鳳釵，衣紫繡短袍，繫青絲輕履，胸前佩龍文匕首，額上書太乙神名。再拜而行，倏忽不見。嵩乃返身閉戶，背燭危坐。常時飲酒，不過數合，是夕舉觴十餘不醉。忽聞曉角吟風，一葉墜露，驚而試問，即紅線迴矣。嵩喜而慰問曰：「事諧否？」紅線曰：「不敢辱命。」又問曰：「無傷殺否？」曰：「不至是。但取床頭金合為信耳。」紅線曰：

「某子夜前三刻，即到魏郡，凡歷數門，遂及寢所。聞外宅男止於房廊，睡聲雷動。見中軍士卒，步於庭廡，傳呼風生。某發其左扉，抵其寢帳。見田親家翁正於帳內，鼓跌酣眠，頭枕文犀，髻包黃穀，枕前露一七星劍。劍前仰開一金合，合內書生身甲子與北斗神名；復有名香美珍，散覆其上。揚威玉帳，但期心豁於生前；同夢蘭堂，不覺命懸於手下。寧勞擒縱，只益傷嗟。時則蠟炬光凝，爐香燼煨，侍人四布，兵器森羅。或頭觸屏風，鼾而嚲者；或手持巾拂，寢而伸者。某拔其簪珥，縻其襦裳，如病如昏，皆不能寤；遂持金合以歸。既出魏城西門，將行二百里，見銅臺高揭，而漳水東注；晨飆動野，斜月在林。憂往喜還，頓忘於行役；感知酬德，聊副於心期。所以夜漏三時，往返七百里；入危邦，經五六城；冀減主憂，敢言其苦。」

嵩乃發使遺承嗣書曰：「昨夜有客從魏中來，云：自元帥頭邊獲一金合。不敢留駐，謹卻封納。」專使星馳，夜半方到。見搜捕金合，一軍憂疑。使者以馬撾扣門，非時請見。承嗣遽出，以金合授之。捧承之時，驚怛絕倒。遂駐使者止於宅中，狎以宴私，多其賜賚。

明日專遣使齎繒帛三萬匹、名馬二百匹，他物稱是，以獻於嵩曰：「某之首領，繫在恩私。便宜知過自新，不復更貽伊戚。專膺指使，敢議姻親。役當奉轂後車，來則揮鞭前馬。所置紀綱僕號為外宅男者，本防它盜，亦非異圖。今並脫其甲裳，放歸田畝矣。」由是一兩月內，河北河南，人使交至。而紅線辭去。嵩曰：「汝生我家，而今欲安往？又方賴汝，豈可議行？」

紅線曰：「某前世本男子，歷江湖間，讀神農藥書，而救世人災患。時里有孕婦，忽患蠱癥，某以芫花酒下之，婦人與腹中二子俱斃。是某一舉殺三人。陰司見誅，降為女子，使身居賤隸，氣稟賊星。所幸生於公家，今十九年矣。身厭羅綺，口窮甘鮮，寵待有加，榮亦至矣。況國家建極，慶且無疆。此輩背違天理，當盡弭患。昨往魏郡，以示報恩。兩地保其城池，萬人全其性命，使亂臣知懼，烈士安謀。某一婦人，功亦不小，固可贖其前罪，還其本身。便當遁跡塵中，棲心物外，澄清一氣，生死長存。」

嵩曰：「不然，遺爾千金為居山之所給。」紅線曰：「事關來世，安可預謀。」嵩知不可駐，乃廣為餞別；悉集賓客，夜宴中堂。嵩以歌送紅線，請座客冷朝陽為詞曰：「採菱歌怨木蘭舟，送客魂消百尺樓。還似洛妃乘霧去，碧天無際水長流。」歌畢，嵩不勝悲。紅線拜且泣，因偽醉離席，遂亡其所在。

註釋

❶潞州——約當今山西榆社縣附近。領十縣，督四州。屬大都督府。

❷薛嵩——唐初大將薛仁貴的孫子。節度使。使相。最後封平陽郡王。

❸阮咸——樂器名。晉阮咸所造。故名阮咸。似琵琶而呈圓形。銅製。唐武后時，蜀人蒯朗在古墓中發現一具。無人能識。元行沖說：「這是阮咸所造的樂器。」命匠人改以木造。因為形似月，聲似琴，因名之曰月琴。又稱阮。

❹掌牒表——掌管書信奏章。

❺內記室——記室、秘書。內記室，機要秘書。

❻羯鼓——羯族所製的鼓。打奏時橫放身前，手擊兩端。故又稱兩杖鼓。聲音很大。唐詩：「羯鼓聲高眾樂停。」

❼至德——唐肅宗年號。只兩年。西元七五六至七五七年。

❽兩河未寧——兩河、黃河南北之地。至德二年，郭子儀收復洛陽。而黃河南北之地尚不平靜。

❾初置昭義軍——軍、行政區之名。長官為節度使。

❿以釜陽為鎮——昭義軍以釜陽為節度使公署所在地。

⓫魏博——魏博節度使，轄魏、博、具、衛、澶、相等六州。

⓬田承嗣——盧龍人。平盧節度使，加同中書門下平章事。即使相。封雁門郡王。

⑬滑州——約當今河南延津、滑縣等地。

⑭令狐彰——彰字伯陽，京兆富平人。史稱其節勇有加，猜阻忮忍。忤者輒死。封霍國公，檢校尚書右僕射。歿贈太傅。

⑮姻婭——左傳昭二十五年，注：「婿父曰姻，兩壻相謂曰亞。」亦作姻婭。

⑯日浹往來——時常往來也。從甲日到癸日，十天為一周，叫浹日。

⑰可緩數年之命——可添數年的壽命。

⑱直——直、值。值夜。值班。

⑲將併潞州——將移鎮潞州之意。要把潞州奪過來。

⑳咄咄自語——咄咄、本表驚歎之聲。此處有「喃喃自語」的意思。表示憂心。

㉑夜漏將傳——將開始傳夜更的時候。

㉒轅門已閉——《周禮天官》掌舍：「設車宮轅門。」注：古代帝王露營之時，為了安全，將兩輛車子的轅相對置放，用作門，故稱轅門。將軍坐帳，軍中多以兩車車轅相對放置為轅門。故轅多稱為將軍的衙門。衍伸到官署外門也叫轅門。

㉓杖策庭除間——庭除、庭階。杖策庭除間：在庭院中，手握枴杖而徘徊。

㉔不遑寢食——不遑、不暇之意。《詩．小弁》：「心之憂矣，不遑假寐。」不遑寢食，「寢食不安」的意思。

㉕我承祖父遺業——薛嵩是薛仁貴的孫子。仁貴在高宗時屢立戰功，拜本衛大將軍，封平陽郡公，檢校安東都護。卒年七十，贈左驍衛大將軍、幽州都督。

㉖覩其形勢，覘其有無——看看當地的情勢，有沒有整軍要攻打我們的動向。覘：窺看。

㉗一更首塗——一更時分啟程。首塗：首途。始登程。

㉘走馬使——騎馬的使者。

㉙具寒暄書——寫一封問候的信。

㉚事或不濟——事若不成。濟：渡河成功。

㉛梳烏蠻髻——烏蠻：古川、滇一帶的少數民族。梳烏蠻人的頭。

㉜貫金雀釵——用金雀形髮釵貫插髮髻中。

㉝繫青絲絇履——絇：鞋頭的裝飾。履：鞋。

㉞額上書太乙神名——古來祭祀三神，稱三一，即天一、地一、太一。太一，又稱太乙。

㉟合——音葛，十合為一升。

㊱曉角吟風，一葉墜落——形容紅線由空而降，振動空氣，把屋角發出極細微的聲音。又如樹葉掉落地上。形容紅線的「輕功」極佳。

㊲鼓趺酣眠——彎腿翹腳，睡得極熟。

㊳頭枕文犀，髻包黃穀——《後漢書．馬援傳》：「皆明珠、文犀。」注云：「犀之有文彩也。」穀：紡絲而織之也。輕者為紗。縐者為穀。穀、似羅而疏，似紗而密。

㊴合內書生身甲子——盒中寫著生辰八字。

㊵北斗神名——北斗神、道教認為是掌管人間生死之神。

㊶揚威玉帳——玉帳、稱將軍的帳幕。指田承嗣坐帳的威風儀態。

㊷坦期心豁於生前——只求生前能如心所願。

㊸蘭堂熟寢——蘭堂原指香閨、內室。此指寢室。

㊹兵仗交羅——兵器陳列處處。

45 酣而軃者——垂頭打呼。軃：垂下。音哆。

46 縻其襦裳——把他們的上衣和下裙都結在一起。

47 如病如醉，皆不能寤——就這樣，他們還是像病了、像大醉了，卻醒不過來。

48 銅臺高揭——銅雀臺巍然矗立。

49 漳水——河在河北河南之間，源出山西東南。又稱漳河。唐詩：「畎入漳河一道流。」東注、向東流去。

50 忿往喜還，頓忘於行役——一肚子氣前去，卻歡歡喜喜的回來。把行役之苦都忘記了。

51 感知酬德，聊副於心期——感知遇之恩而報答厚德，總算完成了我的心願。

52 敢言其苦——為了酬恩報答，哪兒還敢說辛苦呢！

53 自元帥頭邊獲一金合——舊小說原作「自元帥床頭獲一金合。」意思雖差不多，但「從頭邊」要較震撼得多！

54 謹卻封納——恭恭謹謹的封裝起來退還給你。

55 夜半方到——馬走了一天和大半夜才到達。

56 以馬箠撾門——因為急迫，沒下馬便用馬鞭敲門。撾：打。擊。《廣記》作「以馬撾叩門。」馬撾：馬鞭。

57 驚怛絕倒——怛、也是驚。驚怛絕倒：嚇的連站都站不穩。

58 多其錫賚——多所賞賜。錫、賜與。賚、賜也。

59 齎帛繒三萬匹——齎、音咨。付也。與人物曰齎。

60 某之首領，繫在恩私——我的首領（頭），全靠你的恩惠而存在。

61 不復更貽伊戚——不再自找麻煩。貽、遺留。

62 專膺指使，敢議姻親——意思是「唯命是聽，不敢以姻親自居。」

63 往當奉轂後車——出行之時，願追行在後。

64 來則揮鞭前馬——回銜之時，願揮馬為前驅。

65 讀神農藥書——神農皇帝嚐百草，乃是中醫的始祖。史稱神農生於姜水，以姜為姓，始製耒耜，教民務農。故號神農氏。又稱炎帝。

66 忽患蠱癥——腹內有寄生蟲之病。

67 芫花酒——芫花、瑞香科落葉灌木。一名毒魚。煮之投入水中，魚即死而浮出。

68 氣稟賊星——生來有盜賊的性格。

69 身厭羅綺，口窮甘鮮——厭、饜也。一身穿厭（足）了綺羅綢緞，一嘴吃盡了甘美的食物。

70 國家建極——極、君位曰極。國家有皇帝了。

71 慶且無疆——著者的意思是說：國家已有好皇帝了，流慶無疆。為什麼有些節度使還要像安、史一樣，胡作非為呢？

72 此輩背違天理，理當盡弭——弭、止也。這些人胡作非為，違背天理，理當盡予制止。

73 今兩地保其城池，萬人全其性命——現在使兩地不用打仗了，人民可以安居樂業了。士兵也不必上戰場廝殺，上萬人的性命都保全了。

74 使亂臣知懼，列士安謀——（我這麼一動手），使亂臣賊子心生恐懼，不敢亂來了。武士們也可以安分守己，不生異志了。

75 隱跡塵中，棲心物外。澄清一氣，生死長存——隱跡塵世之中，摒除凡慮，培養氣性，與生長存。

76 悉集賓僚——集合所有的賓客僚屬。

77 冷朝陽——金陵人，大曆四年進士及第。工詩。

78 偽醉離席——裝醉離席而去。

語譯

潞州節度使薛嵩家女婢紅線，善彈阮咸，又通經史。薛嵩召使她掌管書信奏章。號稱女秘書。

有一天，軍中大宴。紅線聽到羯鼓之聲有悲切的味道。她對薛嵩說：「羯鼓聲有悲切的味道，擊鼓者一定有悲哀的事。」

薛嵩也頗懂音律。他答道：「確如妳所說。」因之，叫擊羯鼓的鼓手來問話。答道：「實在是妻子昨夜過世。又不敢請假。」薛嵩立刻命擊鼓者回家休假。

其時正值至德年後，兩河都不平靜。朝廷設立昭義軍，以釜陽為鎮，命薛嵩固守。控制山東。其時，正當戰爭之後，軍府草創。朝廷命薛嵩將女兒嫁給魏博節度使田承嗣的兒子，命他的兒子取滑臺節度使令狐璋的女兒。三鎮聯姻，往來親密。

田承嗣常患肺氣病。天熱，病便會加重。常說：「我若移鎮山東，享受涼爽的氣候，定可以多活好多歲。」他募集軍中極為勇武的士兵，挑選出三千人，號為「外宅男」。給他們豐厚的薪糧。常令三百人到他的官邸中值夜。選擇吉日，準備吞併潞州。

薛嵩聽到消息，日夜憂愁。常喃喃自語，不知如何應付。傍晚之時，轅門已關閉了。他悶悶不樂。在庭院中，策杖散步。隨在身邊的只有紅線一人。

紅線因說：「主公一個多月來寢食不寧，似有心事，難道是為隔鄰節度使事嗎？」

薛嵩說：「事關一境安危，不是妳所能料想得到的。」

紅線說：「我雖是下人，卻可以替主公分憂。」

薛嵩聽她言語不凡，因說：「我不知道妳是有本領的人。是我愚笨。」因將田承嗣的舉動告訴紅線。說：「我繼承祖父的遺業，蒙受國家的重恩。一旦失去疆土，祖宗的基業便全沒有了！」

紅線說：「這事兒好辦。主公不必煩心。且放我到魏城跑一趟，先觀察形勢，有沒有動靜。我一更動身，五更便可以回來覆命。請先準備一名使者和快馬。寫一封問候的信。其餘等我回來再說。」

薛嵩怕把事弄糟。他說：「事若不成，不是會挑起對方提前行動？」

紅線說：「我這一去，一定成功。」

於是她回房打扮自己：穿一襲紫繡短袍，踏一雙青絲裝飾的鞋子，胸前佩一把龍文匕首，額上書太乙神名，再拜而離開。忽然便不見人影。

薛嵩於是回身關門，背著燭光靜坐以候。平時喝酒，數合即醉。此夜一直喝了十來觴，也沒醉意。忽然聽見屋鈴似乎為曉風所吹而輕响，又好似一片樹葉掉到地上。驚起訊問，原來是紅線回來了。

薛嵩甚為高興，一面慰勞，一面問：「成功了嗎？」

紅線說：「不敢不成功。」

又問：「有殺傷嗎？」

答道：「不必要到殺傷的地步。我只是拿了他們主帥床頭的金盒為信物而已。」

於是她向薛嵩報告此行經過。她說：

「我子夜前三刻即已到達魏城。經歷了好些門戶，到了寢室。聽到那些外宅兒在房廊上休息打呼的聲音，好像雷鳴。中軍士卒在中庭傳話。我打開左門，直抵寢室。只見田親家翁在帳內彎腿而眠，枕著名貴的枕頭，頭髮用黃綢包著。枕前露出七星劍。劍前仰開著一個金盒。盒內是生辰八字和北斗神名。上面用名香美珠壓著，料想他在玉帳中號令揚威，睡著了不自知命懸他人之手。其時，爐烟將燼，侍人四佈，兵器交錯著放置。有的彎身睡著了，鼾聲如雷。有的雖然手上還拿著手巾塵拂，卻哈欠不止。我拔下他們的簪子耳環，把他們的衣服結在一起。他們卻都睡得太熟，醒不過來。於是我便拿了金合回轉。出了魏城西門，走了兩百里路左右，但見銅雀臺直直的立著，漳河的水往東流。晨雞開始叫了，斜月還掛在林表。去的時候忿忿不平，回歸時，卻喜目的已達成，忘記了行役的勞苦。感謝您的恩德，還了我的心願。夜漏三時，往返七百餘里。進入危邦，經過六個城，目的在為主公分憂，不敢說辛苦。」

薛嵩於是派使人赴魏，他寫給田承嗣的信說：「昨夜有客從魏城來，說是自元帥枕頭邊獲得一金合。我不敢把它收下，謹封還，請收納。」

專使快馬加鞭，夜半才到魏城。城中到處搜捕金合，整個軍隊憂慮懷疑。使者到了，來不及下馬，用馬鞭捶門，半夜三更請見。田承嗣匆匆現身，使者便以金合相授。承嗣收到金合，只嚇得目瞪口呆。立即請使者到私宅休息、飲宴，並多予賞賜。

次日，田承嗣專遣使者，帶了帛布三萬疋，名馬兩百匹，還有好一些珍珠寶貝，呈獻給薛嵩。還有一封信說：「某之首領，繫在恩私。便宜知過自新，不復更貽伊戚。專膺指使，敢議姻親。往當捧轂後車，來則揮鞭前馬。所置紀綱外宅兒者，本防他盜。亦非異圖。今並脫其甲裳，放歸田畝矣。」

自後，兩鎮相安無事。信使往來，絡繹不絕。

忽有一天，紅線向薛嵩辭職，說要離開。

薛嵩對她說：「妳在我家出生的。現在要去那裡呢？而且我正倚靠妳，怎麼要離去呢？」

紅線說：「我前世本是一個男子，讀神農醫藥書籍，以醫術行走江湖。為人治病。里中有一位婦人，得了蠱癥的病，腹中有寄生蟲。我讓她服芫花酒打蟲，不料婦人和腹中的雙胞胎兒子因而死亡。我這一個錯誤，竟殺死了三人，陰司罰我這生變成女子，使身為婢僕。卻生成有盜賊的性格。所幸生在主公家，今已十九年了。身穿綢緞，口嚐美食，復蒙主公恩寵有加，真是榮幸之極了。國家有明主在位，國泰民安。只有這些東西，違背天理，理當盡加殺戮。前些時我去魏博，實是報恩。現在，兩地城池無恙，三軍也不必打仗拼命，死傷千萬。而我之所為，不過使亂臣賊子有所害怕，武士們也可以安分守己，不生異志了。我雖是微不足道的一個女子，也應該可以贖前生因過失而殺死三人的罪了。所以，我現在要遠離塵世，還我本來。養氣修身，生死長存。」

薛嵩說：「那麼，我送妳千金，作為歸山後的生活費用。」

紅線說：「這是有關來生的事，無法預謀。」

薛嵩知道留不住，遂集齊僚屬，夜宴中堂，為紅線餞行。並吩咐在座的詩人冷朝陽作歌詞，交歌者演唱，藉表歡送。

冷朝陽即席寫成一詩：

採菱歌怨木蘭舟，送客魂消百尺樓。
恰似洛妃乘霧去，碧天無際水空流。

歌畢，薛嵩悲不自勝。紅線又叩頭，又啼哭。因假裝喝醉，離開宴會。遂消失不見。

說明

根據《資治通鑑》二二四〈代宗永泰元年〉：

時承德節度使李寶臣、魏博節度使田承嗣、相衛節度使薛嵩、盧龍節度使李懷仙，收安史餘黨，各擁勁卒數萬，治兵定城，自署文武將軍，不供貢賦，與山東節度使梁崇義及李正己皆結為婚姻，互相表裡。雖名稱藩臣，羈縻而已。

本文所述田承嗣、薛嵩二節度使各據一方，互相結為親家，和《通鑑》所述相符。田、薛二人是什麼樣的人呢？我們知道，二人在《唐書》中均有傳。據他們的本傳載：

田承嗣，平州盧龍人也。世事盧龍軍。以豪俠聞。隸安祿山麾下。（《舊唐書》卷一四一本傳）

薛嵩，絳洲萬泉人。祖仁貴，高宗朝名將。封平陽郡公。父楚玉，為范陽平盧節度使。嵩有膂力，善騎射。不知書。自天下兵起，束身戎伍，委質逆徒。（《新唐書》卷一一一〈薛仁貴傳〉附〈薛嵩傳〉）

依照陳寅恪先生的分析，田、薛二人，一係河朔土著，一則久居范陽。漸染胡風，幾乎可說都已胡化。所以，兩人本質上並沒什麼分別。（《唐代政治史論述稿》）田攻薛，薛攻田，都有可能。他們原都是史朝義的部將。史朝義敗亡後，降於朝廷。其後皆封為節度使。但他們都心懷不臣。如田承嗣：

雖外受朝旨，而陰圖自固。重加稅率，修繕兵甲，計戶口之眾寡，而老弱事耕稼，丁壯從征役。數年之間，其眾十萬。……郡邑官吏，皆自署置。戶版不籍於天戶，稅賦不入於朝廷。雖曰藩臣，實無臣節。（《舊唐書》卷一百四十一〈田承嗣傳〉）

田承嗣強大，當然大有可能攻佔薛嵩的土地。薛嵩憂忌之際，也有派刺客威脅田承嗣的可能。《紅線傳》的作者熟知這些情形，寫來合情合理，生動之至。

二、聶隱娘

裴鉶

聶隱娘者，唐貞元❶中魏博❷大將聶鋒之女也。年方十歲，有尼乞食于鋒舍，見隱娘悅之。云：「問押衙乞取此女教❸。」鋒大怒，叱尼。尼曰：「任押衙鐵櫃中盛，亦須偷去矣。」及夜，果失隱娘所向。鋒大驚駭，令人搜尋，曾無影響❹。父母每思之，相對涕泣而已。

後五年，尼送隱娘歸。告鋒曰：「教已成矣，子卻領取。」尼欻❺亦不見。一家悲喜，問其所學。曰：「初但讀經唸咒，餘無他也。」鋒不信，懇詰❻。隱娘曰：「真說又恐不信，如何！」鋒曰：「但真說之。」

隱娘曰：「初被尼挈，不知行幾里。及明，至大石穴之嵌空數十步，寂無居人，猿狖極多❼，松蘿益邃。已有二女，亦各十歲。皆聰明婉麗，不食，能於峭壁上飛走，若捷猱登木❽，無有蹶失❾。尼與我藥一粒，兼令長執寶劍一口，長二尺許，鋒利，吹毛令剸❿。逐二女攀緣⓫，漸覺身輕如風。一年後，刺猿狖。百無一失。後刺虎豹，皆決其首而歸。三年後能飛，使刺鷹隼無不中。劍之刃漸減五寸，飛禽遇之，不知其來也。至四年，留二女守穴，挈我於都市，不知何處也；指其人者，一一數其過曰：「為我刺其首來，無使知覺。定其膽，若飛鳥之容易也。⓬」受以羊角匕首刀，廣三寸。遂白日刺其人於都市，人莫能見。以首入囊，返主人舍，以藥化之為水。五年，又曰：「某大僚有罪，無故害人若干，夜可入其室，決其首來。」又攜匕首入室，度其門隙，無有障礙⓭。伏之樑上。至瞑，持得其首而歸。」尼大怒曰：「何太晚如是。」某云：「見前人戲弄一兒可愛，未忍便下手。」尼叱曰：「已後遇此輩，先斷其所愛，然後決之。」某拜謝。尼曰：「吾為汝開腦後，藏匕首而無所傷，用即抽之。」曰：「汝術已成，可歸家。」遂送還。云：「後二十年方可一見。」

鋒聞語甚懼。後遇夜，即失蹤，及明而返。鋒已不敢詰之，因茲亦不甚憐愛。忽值磨鏡少年及門，女曰：「此人可與我為夫。」白父，父不敢不從，遂嫁之。其夫但能淬鏡⓮，餘無他能。父乃給衣食甚豐，外室而居。數年後，父卒。魏帥稍知其異，遂以金帛署為左右吏，如此又數年。

至元和間⓯，魏帥與陳許節度使劉昌裔⓰不協，使隱娘賊其首⓱。隱娘辭帥之許。劉能神算，已知其來，召衙將，令來日早至城北，候一丈夫、一女子，各跨白黑衛。至門，遇有鵲前噪，丈夫以弓彈之，不中，妻奪夫彈，一丸而斃鵲者，揖之，云：「吾欲相見，故遠相祗迎也。」遞將受約束，遇之。隱娘夫妻曰：「劉僕射果神人，不然者，何以洞吾[18]也，願見劉公。」劉勞之，隱娘夫妻拜曰：「合負僕射萬死！」劉曰：「不然，各親其主，人之常事。魏今與許何異，願請留此，勿相疑也。」隱娘謝曰：「僕射左右無人，願舍彼而就此，服公神明也。」知魏帥之不及劉。劉問其所須。曰：「每日只要錢二百文足矣。」乃依所請，忽不見二衛之所。劉使人尋之，不知所向，後潛收布囊中，見二紙衛，一黑一白[19]。

後月餘，白劉曰：「彼未知住，必使人繼至。今宵請剪髮繫之以紅綃，送於魏帥枕前，以表不迴。」劉聽之，至四更卻返。曰：「送其信了，後夜必使精精兒來殺某，及賊僕射之首。此時亦萬計殺之，乞不憂耳。」劉豁達大度，亦無畏色。

是夜明燭，半宵之後，果有二幡子[20]一紅一白，飄飄然如相擊於床四隅。良久，見一人望空而踣[21]，身首異處。隱娘亦出，曰：「精精兒已斃。」拽[22]出於堂之下，以藥化為水，毛髮不存矣。隱娘曰：「後夜當使妙手空空兒繼至。空空兒之神術，人莫能窺其用，鬼莫得躡其蹤。能從空虛而入冥，善無形而滅影。隱娘之藝，故不能造其境，此即繫僕射之福耳。但以于闐玉[23]周其頸，擁以衾，隱娘當化為蠛蠓[24]，潛入僕射腸中聽伺，其餘無逃避處。」劉如言。至三更，瞑目未熟，果聞頸上鏗然聲甚厲。隱娘自劉口中躍出，賀曰：「僕射無患矣。此人如俊鶻[25]，一搏不中，即翩然遠逝[26]，恥其不中。才未逾一更，已千里矣。」後視其玉，果有匕首劉處，痕逾數分。自此劉轉厚禮之。

元和八年，劉自許入覲[27]，隱娘不願從焉。云：「自此尋山水，訪至人。」但乞一虛給[28]與其夫。劉如約。後漸不知所之。及劉薨於統軍，隱娘亦鞭驢而一至京師柩前，慟哭而去。

開成年[29]，昌裔子縱，除陵州刺史，至蜀棧道，遇隱娘，貌若當時，甚喜相見，依前跨白衛如故。語縱曰：「郎君大災，不合適此。」出藥一粒，令縱吞之。云：「來年火急拋官歸洛，方脫此禍。吾藥力只保一年患耳。」縱亦不甚信，遺其繒彩，隱娘一無所受，但沉醉而去。後一年，縱不休官，果卒于陵州。自此無復有人見隱娘矣。

校志

一、本文據《太平廣記》卷一九四、世界書局楊家駱主編之世界文庫四部刊要本《傳奇》、世界書局江國垣編之《唐人傳奇小說》等版本校錄，予以分段，並加註標點符號。

二、王夢鷗先生《唐人小說研》中說：「《類說》和《紺珠集》都未將本文收入。明陸楫《古今說海》載〈聶隱娘〉一文，卻云是段成式撰。可能是有段成式撰《劍俠傳》之說，而明人吳琯所刊行之《劍俠傳》中有載此文。因而誤將作者訛成段成式。」

三、隱娘稱昌裔為僕射。《唐書》中，昌裔「檢校工部尚書」無「僕射」銜。

四、乃相疑也——《劍俠傳》作「勿相疑也。」較通順。

註釋

❶貞元——唐德宗年號。共二十年。自西元七八五至八〇四年。

❷魏博——田承嗣盤據魏博，盜有貝、博、魏、相、衛、磁、洛七州。四世，凡四十九年之久。史稱其人「沉猜陰賊，不習禮義」。時代宗以寇亂初平，多所含宥。加封承嗣同中書門下平章事，封鴈門郡王。以魏州為大都督府。

❸問押衙乞取此女教——請求押衙將此女兒交給我來調教。押衙，稱呼武將。

❹曾無影響——無影無蹤。

❺尼欻亦不見——欻、忽然。

❻懇詰——苦苦追問。

❼猿狖極多——狖、音抽。黑長尾猿。

❽若捷猱登木——好似敏捷的猿猴爬上樹木。猱，猿猴類。

❾無有蹶失——沒有失足的危險。蹶：失足跌倒。

❿吹毛含剸——剸、割。《劍俠傳》作「吹毛可斷。」較平穩。意思差不多。現今武俠小說中好以「吹毛斷髮」形容刀、劍的鋒利。

⓫逐二女攀緣——追逐兩女童，攀登山崖。（《劍俠傳》作：「遂令二女教其攀緣。」）

⓬為我刺其首三句——為我把他的頭割下，別讓他發覺。放大膽，像殺飛鳥一樣容易。

⓭度其門隙，無有障礙——從門縫中進入，完全沒有障礙。

⓮淬鏡——古無玻璃鏡，通常用銅鑄鏡，但必須打磨，才能光可鑑物。淬、將燒紅的銅鐵浸入水中。

⓯元和——唐憲宗年號。計十五年。自西元八〇六年至八二〇年。

⓰陳許節度使劉昌裔——陳州、今河南淮陽等地，許、許昌等地。昌裔頗有才識，屢建功勳，助上官涗破賊，涗升陳許節度使，昌裔陳州刺史。涗卒，軍中推昌裔，奉詔檢校工部尚書，代節度，晉封彭城郡公。卒，贈潞州大都督。按：唐自安史亂後，節度使多有擁兵自重，不聽中央接濟者，他們合則相交，不合則相攻，朝廷不能制止。幾成戰國時代局面。

⓱賊其首——暗砍他的頭。

⓲何以洞吾也——怎麼洞悉我們的行止呢！

⓳見二紙衛，一黑一白——衛、古衛地人好蓄驢，故稱驢為衛。衛，約當今冀、豫相交之地。

⓴幡子——幡、旛。旗幟。

㉑望空而踣——應是從空而踣。

㉒拽——拖出。

㉓于闐玉——于闐、今新疆之和闐縣。其地產玉。

㉔蠛蠓——一種非常小的昆蟲。

㉕俊鶻——鶻、隼的一種。俊、形容其快速敏捷。

㉖翩然遠逝——翩、疾。速。極快的飛往遠處了。

27入覲——地方長官回到朝廷覲見皇帝，叫入覲。

28虛給——不要上班卻可領一份俸祿的職位。

29開成——文宗年號，共五年。自西元八三六至八四〇。距貞元中已四十餘年。隱娘該是五十多歲了

說明

唐自安史亂後，節度使多擁兵自重。自辟官吏，自徵稅賦，不聽朝廷指揮。朝廷為姑息他們，常給予同中書門下平章銜，號為「使相」。至於僕射、尚書銜，更是普遍。高麗人李懷玉殺故節度使王玄志之子、擁立侯希逸為節度使後，節度使由軍士廢立，自此開始。（《資治通鑑》二百二十肅宗乾元元年）」。至於節度使們經常是「喜則連横而叛上，怒則以力相拼。」（《舊唐書》卷六十四）中唐以後，朝野又流行以刺客對付敵人。甚至刺殺宰相（武元衡）。所以，〈聶隱娘〉、〈紅線傳〉。一類的劍俠傳奇，便應運而生了。

按：《列子．湯問》有「來丹受劍報仇」事，王夢鷗老師認為裴鉶可能是「據此而構思此文。」頗有道理。

語譯

聶隱娘是貞元年間魏博大將聶鋒的女兒。她十歲時，有一個尼姑到聶家討飯吃。見到隱娘，非常喜歡。她向聶鋒說：「請您把女兒交給我教。」

聶鋒大怒，叱罵老尼。

尼姑說：「那怕您把她鎖在鐵櫃子中，我也要偷走她。」

到了晚上，果然不見了隱娘。

聶鋒這才大吃一驚，令人搜尋，可連影子也不見。夫妻兩個想起愛女，只有相對流淚。

五年後，老尼把隱娘送回聶家。她對聶鋒說：「您的女兒已經學成了，現在領回去吧。」說完話，欻然不見。

一家人高興得又哭又笑。問隱娘「學了些什麼。」

隱娘說：「開始時，讀經唸咒，別無其他。」

聶鋒不信，再三追問。

隱娘說：「說真的，只怕您不相信！」

聶鋒說：「妳還是說真的吧！」

於是隱娘說：「當初被老尼所攜，不知走了多少路，等到天亮了，我們來到一個大石洞，裡面挖空，縱橫數十步。其地寂無居人，但多猿猴。松蘿遍布，甚為深邃。已有兩女童在，也各十來歲。都很聰明溫婉，漂漂亮亮。不吃食物，卻能在懸崖峭壁上飛行，好似猿猴似的在樹木間飛走，毫無失腳踏空之虞。

「老尼給我一粒丹藥服，又給我一口長約兩尺、十分鋒利、能吹毛斷髮的寶劍，令長執著，追逐在二女之後。漸漸覺得身輕如風。一年後，以劍刺猿猴，百發百中。而後刺殺虎豹，梟其首而歸。三年後能飛，在空中能刺殺老鷹隼鳥，劍無虛發。而後，劍刃減五寸，飛鳥遇見，不知劍從那方來，便被刺殺。第四年，有一天，老尼留兩女童守洞穴，攜我至一鬧市，不知何處。指著一個人，歷歷數他的過錯。然後對我說：『把他的頭給割下來，不要讓他警覺。鼓起勇氣來，像殺飛鳥樣容易！』她給我羊角形匕首，才三寸寬。於是可以在光天化日之下在人叢中取人性命。將人頭裝入囊中。返回老尼所居，以藥將人首化成水。

「五年，某日，她對我說：『一位大官有罪，無故害死好些人。晚上去他家，取他頭來。』我帶了匕首，到了大僚家中，穿過門縫，毫不費力。躲在屋樑上。等到天黑了，才割下他的頭而回。老尼大怒，罵我：『怎麼弄到這樣晚？』我說：『因為看到他和一個可愛的小兒玩耍，不忍心立即下手。』老尼叱罵我：『下次碰到這種情形，先殺其所愛，然後再殺他。』我只能拜謝。

「老尼對我說：『我為妳打開了後腦，把匕首藏在其中。用時便可抽出。』又說：『妳已經學成了，可以回家了。』於是送我回來。臨別說：『二十年後我們才能再一次見面。』」

聶鋒聽了，很害怕。其後，隱娘經常晚間失蹤，天明才返回。聶鋒不敢問她。因此也不太鍾愛女兒了。

有一天，一個磨鏡子的少年上門，隱娘對父親說：「這個男人可作我的丈夫。」父親不敢不答應。遂將女兒嫁與淬鏡少年。其人除淬鏡外，也別無本領。聶鋒給了女兒一大筆錢，讓他們住在外面。數年後，聶鋒病逝。魏帥稍稍知道隱娘的特異功能，給小兩口金錢布疋，派他們為左右吏。

又過了幾年，到元和年間，魏帥和陳許節度使劉昌裔不和，他派聶隱娘去殺劉昌裔。於是隱娘辭別魏帥赴許州。

劉昌裔能神算，他算出會有人來行刺。他召來一個衙將，對他說：「明天早上到城北，等候一男一女，男的騎黑驢，女的騎白驢，到達城門口時，遇見有喜鵲前噪。男人用弓彈打，打不中。妻子奪下弓，一彈而喜鵲喪命。你向他們行禮，告訴他們，我要見他們。所以派你恭敬等候。」

衙將聽命前往，果然遇見了隱娘夫婦。

隱娘夫妻說：「劉僕射果然是神人，不然，怎麼知道我們會來，我們願意見他。」

於是劉昌裔對隱娘夫妻慰勞備至。隱娘夫妻拜謝。說：「對不起僕射，罪該萬死。」

劉昌裔說：「不要那樣說。各為其主，人之常情。魏博和陳許沒有兩樣。願賢夫婦便留在陳許。不必見疑。」

隱娘道謝。說：「僕射左右無人，願舍彼就此。我們實在佩服您的神明。」她知道魏帥不及劉帥。

問其所須。對曰：「每日兩百文錢便足夠了。」於是便每日付給二百文。但兩匹驢子卻不知所在。

劉使人尋找，不知去向。後偷偷翻他們的布口袋，見其中有兩個紙剪的驢子，一白、一黑。

一個多月後，隱娘報告劉昌裔說：「魏博方面不知道住手，一定會再派人來行刺。今晚請您剪一束頭髮以紅綃繫上，我們會將頭髮放到魏帥枕前，表示我們不回去了。」

劉帥聽從她。隱娘去了，四更時分才回來。報告說：「信已送到了。後天晚上，他們會派精精兒來殺我，並取僕射的首級。此時，我們也會想盡辦法殺他。請不必擔心。」

劉昌裔豁達大度，也沒有害怕。

當晚，高燒明燭。

夜半之後，果有一紅一白兩桿旗子，此來彼往圍著床四週纏打。好一會兒，只見一人由空中跌落，身首異處。

隱娘也現身。說：「精精兒已死了。」把屍體拖到堂下，用藥把屍身化成水，毛髮都不存在。

隱娘又說：「後天晚上魏博方面當派妙手空空兒來。空空兒的神術，人看不見他的動作，鬼神都無法追蹤上他。他能從虛無中現身，也能從無形中而遁影。隱娘可沒能到達哪一種境界。這要看僕射的福命了。請用于闐玉圍在頸子上，蓋上被子。隱娘當化成小蟲子，潛入僕射腸中聽伺。其他別無法子了。」

睡到三更時分，劉昌裔還只是閉著眼睛，還沒睡熟，只聽到頸子上發出鏗然的聲音。隱娘乃從他口中躍出，賀曰：「僕射不必擔心了。此人有如鷹隼鳥，一擊不中，即飄然遠走，以未中為恥。不到一更天，他可能已走了一千里路了。」劉昌裔把頸子上的玉拿下來看，果有匕首劃過的痕跡，深達數分。

自此，劉昌裔對隱娘特別厚待。

元和八年，昌裔回朝入覲，隱娘不願相從。她說：「從此遊山玩水，尋訪至人。只求給拙夫一個有薪給的虛職。」

劉如約。隱娘不知去了哪裡。

劉昌裔逝世，隱娘突然現身到靈前，慟哭祭拜，而後離開了。

開成年間，昌裔的兒子劉縱任陵州刺史。在四川棧道上遇見隱娘，容貌完全沒變。甚至還是騎一匹白驢。見面都很高興。她對劉縱說：「郎君有大災，不適合來此地。」

她拿出一顆藥給劉縱，要他服食。又說：「明年火速辭官離陵州回洛陽，才能免禍。我的藥力只能保平安一年。」

縱不太相信。他送給隱娘繒綵，隱娘也不受，只是喝酒，喝醉了，才離去。

後一年，劉縱沒聽隱娘的話休官，果卒於陵州。

自後，沒有人再見到隱娘。

三、崑崙奴❶

裴鉶

唐大曆中❷，有崔生者。其父為顯僚，與蓋代之勳臣一品者熟。生是時為千牛❸，其父使往省一品疾。生少年，容貌如玉，性稟孤介❹，舉止安詳，發言清雅❺。一品命妓軸簾❻，召生入室。生拜傳父命，一品欣然愛慕❼，命坐與語。

時三妓人，豔皆絕代，居前，以金甌貯含桃❽而擘之，沃以甘酪而進❾。一品遂命衣紅綃妓者，擎一甌與生食。生少年赧妓輩，終不食❿。一品命紅綃妓以匙而進之，生不得已而食，妓哂之。遂告辭而去。一品曰：「郎君閑暇必須一相訪，無間老夫也⓫。」命紅綃送出院時，生回顧，妓立三指，又反三掌者，然後指胸前小鏡子云：「記取！」餘更無言。

生歸，達一品意。返學院⓬，神迷意奪，語減容沮，恍然凝思，日不暇食⓭，但吟詩曰：

誤到蓬山頂上遊，明璫玉女動星眸。

朱扉半掩深宮月，應照璚芝雪豔愁。

左右莫能究其意。

時家中有崑崙奴磨勒，顧瞻郎君曰：「心中有何事，如此抱恨不已？何不報老奴！」

生曰：「汝輩何知，而問我襟懷間事！」

磨勒曰：「但言！當為郎君釋解，遠近必能成之。」

生駭其言異，遂具告知。

磨勒曰：「此小事耳，何不早言之，而自苦耶！」

生又白其隱語。

勒曰：「有何難會！立三指者，一品宅中有十院歌姬，此乃第三院耳。反掌三者，數十五指，以應十五日之數。胸前小鏡子，十五夜月圓如鏡，令郎來耶？。」生大喜不自勝，謂磨勒曰：「何計而能導我鬱結？」磨勒笑曰：「後夜乃十五夜，請深青絹兩疋，為郎君製束身之衣。一品宅，有猛犬守歌妓院門，非常人不得輒入；入，必噬殺之。其警如神，其猛如虎，即曹州孟海[14]之犬也。世間非老奴不能斃此犬耳，今夕當為郎君撾殺之。」

遂宴犒以酒肉。至三更，攜鍊椎[15]而往。食頃而回，曰：「犬已斃訖，固無障塞耳。」

是夜三更，與生衣青衣，遂負而逾十重垣，乃入歌妓院內。止第三門，繡戶不扃，金釭[16]微明，惟聞妓長嘆而坐，若有所俟。翠環初墜，紅臉纔舒，玉恨無妍，珠愁轉瑩[17]。但吟詩曰：

深洞鶯啼恨阮郎，偷來花下解珠璫。
碧雲飄斷音書絕，空倚玉簫愁鳳凰。

侍衛皆寢，鄰近闃然[18]。生遂緩搴簾而入。良久，驗是生，姬躍下榻，執生手曰：「知郎君穎悟，必能默識，所以手語耳[19]。又不知郎君，有何神術而能至此？」

生具告磨勒之謀，負荷而至。

姬曰：「磨勒何在？」

曰：「簾外耳。」

遂召入，以金甌酌酒而飲之。

姬白生曰：「某家本富居在朔方。主人擁旄，逼為姬僕[20]。不能自死，尚且偷生。臉雖鉛華，心頗鬱結。縱玉筯舉饌，金鑪泛香，雲屏而每進綺羅，繡被而常眠珠翠[21]，皆非所願，如在桎梏22。賢爪牙既有神術，何妨為脫狴牢23。所願既申，雖死不悔。請為僕隸，願侍光容。又不知郎君高意如何？」

生愀然不語24。

磨勒曰：「娘子既堅確如是，此亦小事耳。」姬甚喜。

磨勒請先為姬負其囊橐粧奩，如此三復焉。然後曰：「恐遲明。」遂負生與姬而飛出峻垣25十餘重。一品家之守禦，無有警者。遂歸學院而匿之。

及旦，一品家方覺。又見犬已斃。一品大駭曰：「我家門垣，從來邃密，扃鎖甚嚴。勢似飛騰，寂無形迹，此俠士而挈之。無更聲聞，徒為患禍耳。」

姬隱崔生家二歲。因花時駕小車而遊曲江。為一品家人潛誌認，遂白一品。一品異之，召崔生而詰之，事懼而不敢隱，遂細言端由，皆因奴磨勒負荷而去。

一品曰：「是姬大罪過，但郎君驅使踰年，即不能問是非，某須為天下人除害。」命甲十五十人，嚴持兵仗，圍崔生院，使擒磨勒。磨勒遂持匕首，飛去高垣，瞥若翅翎，疾同鷹隼，攢矢如雨，莫能中之。頃刻之間，不知所向；然崔家大驚愕。

後一品悔懼，每夕，多以家童持劍戟自衛，如此周歲方止。

後十餘年，崔家有人見磨勒賣藥於洛陽市，容髮如舊。

校志

一、本文據《太平廣志》卷一九四與《劍俠傳》校錄，並參考王夢鷗先生《唐人小說研究》一〇七至一〇九頁所錄〈崑崙奴〉，略作修正。

二、《廣記》文後注：「出『奇傳』。」，乃係「傳奇」之誤。

三、唐代宰相通常是三品。如特進、係二品。若要擔任宰相職務，還得加上「同中書門下三品」頭銜。本章主角為「一品」官，較宰相高出兩品，當是國之重臣。

四、《類說》卷三十二，節錄此文，題名〈崔生〉。《紺珠集》卷十二也採錄了此文的兩個片段，分別題名為〈手語〉和〈紅綃〉。明人粱柏龍根據此文作〈紅綃女〉雜劇。梅禹金據之作〈崑崙奴〉雜劇。請參閱劉瑛著《唐代傳奇研究》。

註釋

❶崑崙奴——唐、宋時，有以崑崙種族人作為奴隸者。崑崙種，即今馬來人。一說崑崙奴為黑人。《唐語

林》卷三〈宿慧〉門載蘇頲的《崑崙奴子》詩云：「指如十挺墨，耳似兩張匙。」則崑崙奴似乎確是黑人。

❷大曆——唐代宗年號。共十四年，自西元七六六年至七七九年。

❸千牛——千牛乃是一種據說可以解剖一千頭牛而仍鋒利的刀。高官的子弟，配千牛刀為皇帝的近衛臣。官名千牛備身。簡稱千牛。

❹容貌如玉，性稟孤介。——玉、美風姿。顏面如玉之光潤。孤介、清正不隨俗。

❺舉止安詳，發言清雅——應事接物，言動從容合度之謂。

❻軸簾——將簾子捲起到軸上。

❼欣然愛慕——一品因見到生的容貌如玉，舉止安詳，不覺心裡高興，而興起疼愛之心。

❽含桃——櫻桃。

❾沃以甘酪而進——胡仔著《苕溪漁隱叢話》卷二十三引《高齋詩話》云：「（杜）牧之〈和裴傑〉新櫻桃詩云：『忍用烹騂酪，從將玩玉盤，流年如可駐，何必九華丹。』」是足證明唐人用櫻桃荐酪的風習。

❿少年赧妓輩，終不食——少年在那麼些姑娘前面，害羞，不肯吃。赧、害怕。害羞。

⓫無間老夫也——不要疏遠我老人家。

⓬返學院——回到學房。書房。

⓭神迷意奪四句——意亂神迷，不言不食，容色沮喪，日思夜想。恍然、猶恍然。自失貌。

⓮曹州孟海之犬也——曹州、山東曹縣一帶之地。據說當地產猛犬。

⓯鏈椎——鏈子槌之類的武器。

⓰金釭——金屬的燈。釭、音剛。

⓱翠環四句——剛摘下翠玉耳環，卸了粧，玉臉失色，愁容婉轉

⑱闃然——闃、ㄑㄩ，靜也。

⑲手語——以手勢代語言。有如今之手語。

⑳主人擁旄，逼為姬僕——主人擁有旄節，可能是節度使，強逼為姬侍。

㉑玉筯舉饌，金鑪泛香，雲屏而每進綺羅，綉被而常眠珠翠——意思是說：過著錦衣玉食的生活。

㉒桎梏——刑具。讀如「質鵠」腳鐐手銬也。

㉓狴牢——牢獄。狴、據說龍生九子，第四子為狴犴，形如虎。通常畫在獄門上。故稱監獄為「狴牢」。

㉔生愀然不語——生發愁因而不能答話。

㉕峻垣——高峻的牆。

語譯

唐大曆年中，有一位顯赫大官的兒子崔姓年輕人，任千牛備身，他父親和一位功勳蓋代的一品大臣很熟悉，大臣有病，父親命他去動臣家探病。崔生年少，貌美如玉，心性正直，舉動文雅，言談從容。他到時，一品官叫侍妓捲起門簾，喚崔生進房間。崔生拜見，並傳達父親問候之意。一品欣然接談，而且很喜歡這樣一個彬彬有禮的年輕人，命他坐下來說話。

然後，有三個侍妓進入房中，都非常美艷。最前面一個，把貯放在黃金小碟中的櫻桃撕去皮，澆上甘酪，餵給一品吃。一品命令一位穿紅綃衣的女妓，拿一碟給崔生吃。崔生害羞，不肯吃。於是一品命紅綃女子用小匙餵給崔生吃。崔生不得已，只好吃了。那位女生笑他。崔生也就起身告辭。

一品說：「年輕人，若有空，希望常來看我，不要疏遠！」他令紅綃女送崔生出院門。

崔生離開前，回頭看紅綃女，只見她豎起三根指頭，又把手掌翻了三次，然後指著胸前的小鏡子，說：「記住了。」便不再言語。

崔生回到家中，轉達了一品的謝語。回到書房，不禁神魂顛倒，意亂情迷。不言不語，不思茶飯。嘴裡喃喃的唸著一首詩：

誤到蓬山頂上遊，明璫玉女動星眸。
朱扉半掩深宮月，應照瓊芝雪豔愁！

僕婢都不明瞭。

家中有一個叫磨勒的崑崙奴，深知崔生有心事。問他：「心中有什麼事呢？如此悵悵不休，何不告知老奴？」

崔生說：「你們懂得什麼，卻要問我的心事！」

磨勒說：「您只管說出來，老奴一定能想辦法。無論遠近，都能替您辦到。」

崔生覺得他的話頗有含意，於是告訴他原委。

磨勒說：「這等小事，何不早說，而如此折磨自己。」

崔生又告訴他隱語——紅綃妓的手語。

磨勒說：「這有什麼難懂。豎起三根手指，一品家中有十院歌姬，表示她是第三院。手掌翻覆三次，表示十五根手指，意謂十五日。胸前小鏡子，表示十五月圓之夜，希望公子記得這個約會。」

謎題解開了，崔生喜不自勝。問磨勒：「有什麼辦法能解開我心中的鬱結呢？」

磨勒說：「後夜便是十五夜。請拿出深青色絹兩疋，為公子縫製夜行緊身衣。一品宅中，有猛犬為歌妓守院門。平常不能進入。這些猛犬，便是曹州孟海所產，機警得像神，凶猛得像老虎，誰要闖進院，定必被咬死。世間非老奴不能擊斃牠們。今天晚上便去替公子把牠們給收拾掉。」

崔生乃以酒肉犒賞磨勒。三更時分，磨勒帶了武器——鏈子槌，啟程去一品宅。一頓飯功夫便回來了。說：「惡犬已被擊斃，障礙消除了。」

十五夜三更時分，他讓崔生穿上青衣，背負他超過十重高牆。到達歌妓院，在第三院門口停住。只見綉戶未關，一釭微明。又聽見歌妓長歎的聲音。好像是有所等待。只見她，摘去了翠玉耳環，洗去了鉛華，臉現愁苦，眼瑩淚珠。口中吟道：

深洞鶯啼恨阮郎，偷來花下解珠璫。
碧雲飄斷音書絕，空倚玉簫愁鳳凰。

時侍衛都已熟睡了，四週寂靜無聲。崔生乃緩緩的揭起門簾進入綉戶。好一會兒，紅綃姬看清楚了是崔生，便跳下坐榻，抓著崔生的手說：「知道郎君聰明，一定能明瞭我打的手語。但不知郎君有什麼神術能到此間？」

崔生告訴她：「這全是磨勒所規劃，把我背來此間。」

她又問：「磨勒在哪裡？」

「在簾外。」

妓遂召入磨勒，倒了一杯酒慰勞他。

於是她告訴崔生說：「我們家本來很富有，住在北方。主人坐擁旌節，強迫我作他的姬僕。不能自斷，苟且偷生。外表亮麗，卻心頭苦悶。用玉箸吃錦食，用金爐燒沉香，身著綺羅，頭戴珠翠，都非所願。只覺得手腳銬在鐵鏈之中，身處囹圄之內。賢侍從既有神術，何妨把我救出牢獄？若能如願，死也不後悔。願為奴僕，終身侍候。不知郎君意下如何？」

崔生覺得很悲哀，一時不知如何回答。

磨勒卻說：「既然小姐意志如此堅定，那也只是小事一樁。」

磨勒請先為紅綃妓負粧奩衣物，三個來回。而後說：「怕要天亮了，我們趕快離開吧。」於是他背負著崔生和紅綃妓，飛越十重高牆，一品家的守衛卻沒有人能發覺。生遂把紅綃女暗藏在他的書房中。

天亮了，一品家才發現。又見猛犬也被斃殺，一品十分驚駭。他想：「我們家門戶從來緊密，關鎖甚嚴。來人好像會飛，來去無形迹。一定是俠客所為。不能聲張，免惹大禍。」

紅綃妓隱居崔生家兩年。花時賞花，她坐在車上賞花，為一品家人認出，暗中查訪，報告了一品。一品大為驚奇，把崔生叫去詢問。崔生不敢隱瞞，遂報告一品，都是僕從磨勒負荷而成。

一品說：「這是紅綃妓的罪過。但她已為你驅使一年多，且不必問是非。但我要為天下人除害，除去磨勒。」

於是他派了頂盔帶甲的武士五十人，操刀持劍，圍住崔生的書院，要捉拿磨勒。磨勒卻手持匕首，飛上高牆，好像身上長了翅膀，像老鷹一樣迅疾。箭如雨下，也射不中他。頃刻之間，不知去向。崔家的人都大為驚嚇到。

事後，一品後悔，又害怕。每晚，都命令許多家僮持刀劍護衛，怕磨勒來報仇。一年以後才漸漸停止。

十數年後，崔家有人在洛陽市看到磨勒在市場中賣藥，容顏完全沒有改變。

四、薛偉

李復言

薛偉者，乾元❶元年任蜀州青城縣主簿❷、與丞鄒滂尉雷濟裴寮同時❸。其秋，偉病七日，忽奄然若往者❹，連呼不應，而心頭微暖，家人不忍即斂，環而伺之。經二十日，忽長吁起坐，謂其人曰：「吾不知人間幾日矣？」曰：「二十日矣。」曰：「與我覷群官，方食鱠否？言吾已蘇矣。甚有奇事，請諸公罷筯來聽也。❺。」僕人走視群官，實欲食鱠，遂以告。皆停餐而來。

偉曰：「諸公敕司戶❻僕張弼求魚乎？」

曰：「然。」

又問弼曰：「漁人趙幹藏巨鯉，以小者應命。汝於葦間得藏者，攜之而來。方入縣也，司戶吏坐門東，糺曹吏坐門西，方奕棋。入及階，鄒雷方博，裴啗桃實。弼言幹之藏巨魚也，裴乃令鞭之。既付食工王士良者喜而殺乎？」

遞相間，誠然。

衆曰：「子何以知之？」

曰：「向殺之鯉，我也。」

衆駭曰：「願聞其說。」

曰：「吾初疾困，為熱所逼，殆不可堪。忽悶，忘其疾，惡熱求涼，策杖而去，不知其夢也。既出郭，其心欣欣然，若籠禽檻獸之得逸，莫我如也❼。漸入山。山行益悶，遂下遊於江畔。見江潭深淨，秋色可愛；輕漣不動，鏡涵遠虛❽。忽有思浴意。遂脫衣於岸，跳身便入。自幼狎水，成人已來，絕不復戲，遇此縱適，實契宿心❾。且曰：「人浮不如魚快也，安得攝魚而健游乎❿？」旁有一魚曰：「顧足下不願耳。正授亦易，何況求攝⓫。當為足下圖之。」決然而去。

「未頃，有魚頭人長數尺，騎鯢⓬來導，從數十魚，宣河伯詔⓭曰：「城居水游，浮沉異道，苟非其好，則昧通波⓮。薛主簿意尚浮深，跡思閑曠⓯，樂浩汗之域，放懷清江⓰。厭巘崿之情，投簪幻世⓱。暫從鱗化，非遽成身。可權充東潭赤鯉。嗚呼！恃長波而傾舟，得罪於晦；昧纖鉤而貪餌，見傷於明。無或失身，以羞其黨，爾其勉之。」聽而自顧，即已魚服矣⓲。

於是放身而遊，意往斯到。波上潭底，莫不從容。三江五湖，騰躍將遍。然配留東潭，每暮必復。俄而饑甚，求食不得，循舟而行，忽見趙幹垂釣，其餌芳香，心亦知戒，不覺近口。曰：「我人也，暫時為魚，不能求食，乃吞其鈎乎。」捨之而去。

「有頃，饑益甚。思曰：「我是官人，戲而魚服。縱吞其鈎，趙幹豈殺我？固當送我歸縣耳。」遂吞之。趙幹收綸⑲以出。幹手之將及也，偉連呼之。幹不聽，而以繩貫我腮，乃繫於葦間。既而張弼來曰：「裴少府買魚，須大者。」幹曰：「未得大魚，有小者十餘斤。」弼曰：「奉命取大魚，安用小者，」乃自於葦間尋得偉而提之。又謂弼曰：「我是汝縣主簿，化形為魚游江，何得不拜我？」弼不聽，提之而行，罵亦不已，弼終不顧。入縣門，見縣吏坐者弈碁，皆大聲呼之，略無應者。唯笑曰：「可畏魚！直三四斤餘。」既而入階，鄒雷方博，裴啗桃實，皆喜魚大。促命付廚。弼言幹之藏巨魚，以小者應命。裴怒鞭之。我叫諸公曰：「我是汝同官，而今見殺，竟不相捨，促殺之，仁乎哉？」大叫而泣。三君不顧，而付膾手。王士良者，方礪刃，喜而投我於几上。我又叫曰：「王士良，汝是我之常使膾手也，因何殺我？何不執我，白於官人？」士良若不聞者。按吾頸於砧上而斬之。波頭適落，此亦醒悟，遂奉召爾。」

諸公莫不大驚，心生愛忍。然趙幹之獲，張弼之提，縣吏之弈，三君之臨階，王士良之將殺，皆見其口動，實無聞焉。

於是三君並投鱠，終身不食。偉自此平愈，後累遷華陽丞。乃卒。

校志

一、本文據《太平廣記》卷四百七十一〈薛偉〉條校錄。《廣記》文後注云：「出續玄怪錄」。編者予以分段，並加註標點符號。

二、《續玄怪錄》著者李復言，生平無可考。《新唐書・藝文志》著錄其書，僅注云：「大中時人。」

註釋

❶乾元——唐肅宗年號，共二年。西元七五八至七五九年。

❷主簿——略等於今日縣長、副縣長下之主任秘書。

❸丞——略等於今日之副縣長。尉、按唐時縣令之下為丞。依次為主簿、尉。

❹奄然若往者——奄奄一息，似已往生之人。往、死。《左傳》僖九年：「送往事居。」

❺請諸公罷筯來聽——請他們停下筷子來聽我說。

❻司戶——《歷代職官表》卷五十四：「諸州上縣，令一人。（從六品上）丞一人（從八品下）、主簿一人（正九品下）、錄事二人、司戶、司法、倉督二人。

❼若籠禽檻獸之得逸，莫我如也。——好似籠中的鳥、檻中的獸得機會逃出來。也沒有我這樣自由自在。

❽輕漣不動，鏡涵遠虛——風行水成紋曰漣。意謂水波不興，水平如鏡，藍天青山，倒影其中。

❾遇此縱適，實契於心——遇到這種放縱適意之事，實在契合我的心意。

❿安得攝魚而健游乎——如何可以暫代魚的位子暢暢快快游水呢？官府中，譬如縣丞代理縣令的職務，叫「攝」。

⓫正授亦易，何況求攝？——便是授官，也很容易。何況暫攝？

⓬鯇——身長一公尺二的兩棲魚。通常捕捉青蛙等為食物。

⓭河伯詔——唐時傳奇，雖屬短篇小說一類文字。但為便於作行卷投獻當道，一文中，常包含敘事、詩文和議論三部分。詔；即是「文」的部分。

⓮城居四句——在岸上居住和在水中游水，浮沈異道。若不是有游水的嗜好，便不懂得水路交通之趣。

⓯意尚浮深，跡思閑曠——意思喜歡浮游潛泳、達到清閑自在。

⓰樂浩汗之域放懷清江——喜歡深厚廣大的空間，任情縱意於清澈的江水之中。

⓱厭巘崿之情，投簪幻世——投簪、謂去官。厭倦了山居之情，想去官遁世。

⓲聽而自顧，即已魚服矣——一面聽，一面自己看自己，（不知不覺之間，）身上已穿上了魚的衣服了。

⓳綸——釣魚線。

語譯

唐朝乾元元年，薛偉任四川青城縣的主簿。同事中有縣丞鄒滂、縣尉雷濟、裴寮。秋天，薛偉病了七天，忽然像已往生者。家人呼叫他，也不會答應。但心頭還是暖的，所以也不忍心把他放進棺材。大家圍繞著他，竟過了二十天。忽然，薛偉竟長吁了一口氣，坐了起來。他對家人說：「我不知道世間已經過了多少天了？」

大家答道：「已經二十天啦。」

他說：「去看看衙門裡的其他官員們是不是在食用魚鱠？告訴他們，我已經醒過來了。我有很奇怪的遭遇，請他們停下筷子來聽我說。」

僕人走到衙門探看，果然，幾位官爺正準備要吃魚鱠。聽到僕人說，便停止用餐，前來探視。

薛偉說：「你們有沒有叫司戶僕張弼去買魚？」

大家都說：「有。」

又問張弼：「漁民趙幹把一條大鯉魚藏在葦草叢中，只把小魚拿出來給你挑。你在蘆葦中發現了大鯉魚，便把牠拿了。走到縣衙中，司戶吏坐在門的東邊。糺曹吏坐在門西邊。正在下棋。上了台階，鄒、雷兩人賭博，裴吃桃子。張弼報告說趙幹藏大魚，裴令鞭打趙幹。而後，把鯉魚交給廚子王士良，士良高高興興的殺魚。」

他問每個人，每個人都答：「對。」

眾人覺得很奇怪：「您怎麼知道的？」

薛偉說：「你們所殺的鯉魚，正是我呀！」

眾人大驚。都說：「究竟是怎麼回事？」

於是薛偉說：

「我剛剛生病的時候，發燒太高，熱得受不了，又悶，忘記自己是病人，因為討厭太熱，想找個涼快的地方透氣，因之扶了枴杖出行，不知道原來是在作夢。

「出了城，心情很爽快，心想野獸走出了圍檻，小鳥飛出了鳥籠，也不過如此吧。漸漸走入山裡。山行又悶，於是下山又走到江邊。只見江水深淨，秋色可愛，微波不興，江平如鏡，藍天白雲，倒影水中。水的誘惑，讓我興起游泳的念頭。

「我脫掉衣服，跳入水中。我從小好玩水，成人以後，便沒再游泳過。逢到如此的機會，甚覺愜意。我想：『人浮不如魚游，若能暫時變成魚游水，一定更為快速。』旁邊有一條魚對我說：『只怕你不願意。要真的變成魚也不是不可能。我替你想辦法去。』斬釘截鐵的走了。

「沒多久，有一個魚頭人身的怪人，騎著一條大魚來到。身後還跟了好些個小魚。他對著我宣讀河神的詔書說：『城居和水游，沈浮異道。若非所好，難以溝通。薛主簿意思浮沉於深水之中，心存閑曠之志，以浩汗之水域為樂，以江水之清湛為懷，不喜山岳的險峻，拋棄簪組，暫從鱗化。權為東潭赤鯉。不要興風作浪翻人船，暗中犯罪。不要看不清魚鉤而貪食魚餌，明明白白的上人當！不要失身，使魚類蒙羞。好自為之吧。』

「聽完詔後，返身自顧，即已穿上了魚的衣服，變成魚了。

「於是，我爽爽快快的在水中游，想到那裡便到那裡。浮到水面，沉到潭底，各處水域，遨遊將遍。但每晚必回歸東潭。然後突感飢餓難當，想找食物又找不到。挨著小舟而行，忽見趙幹垂釣，魚餌芳香誘人。心中雖然警覺，而嘴巴卻不覺靠近了。

「我自忖『我本是人，暫為鯉魚，不能覓食，而要吞魚鉤餌嗎？』便強自離開了。

「過了好一會，飢餓的感覺實在受不了啦。又想：『我是官人，暫時遊戲而幻為魚。即使我因吃魚餌而被釣上了，難道趙幹能殺我？他一定會送我歸縣衙的。』於是把魚餌吞下肚。

「趙幹收起釣鉤，手碰到魚，我大叫，但趙幹完全不理。而且把繩子穿過我的鰓，將我藏在蘆葦中。

「不久，張弼來了。他說：『裴少府要買魚。要大的。』

「趙幹答道：『沒釣到大魚。小魚到有十來斤。』

「張弼說：『我奉命要買大魚。要小的幹什麼？』於是在蘆葦間找，找到了我。他把我提起來。

「我向張弼說：『我是主簿，化身為魚，在江中遨遊。你怎麼不禮敬我？』

「張弼不聽，依舊提著魚，走他的路。

「我不停的罵，可張弼就是不理。

「進了縣衙門，我看到縣吏們正奕碁。我大聲叫他們，可他們也不理睬。卻笑嘻嘻的說：『好大的魚，怕不有三四斤重吧！』

「上了台階，鄒、雷兩位在賭博，裴在啃桃子。都高興買到了大魚。一個勁兒催促叫交給廚子料理。

「張弼說：『趙幹把大魚藏在一邊，只把小魚來搪塞。』裴生了氣，用鞭子打趙幹。

「我叫：『我是你們同事薛主簿，現在眼看要被殺了，竟不相救。而且催廚子快殺魚。你們真太不仁道呀！』一邊大叫，一邊痛哭。

「可三位完全不顧，將我付諸膾手。

「廚子王士良，正在磨刀，看見我，把我放到砧板上。

「我又叫：『王士良，你是我經常使喚的廚子，為什麼要殺我？何不把我拿去見幾位官人，告訴他們是怎麼回事呢？』

「王士良好像沒有聽見。把我的頸子按住在砧板上，一刀斬下。魚頭一落，我也就醒了。遂請你們來聽究竟。」

大家聽了，不免大驚。心生愛忍。而趙幹釣得魚，張弼提魚，縣吏們下棋，三位官人臨於階前，王士良將殺魚之時，都曾見到魚口在動，卻實在沒聽到聲音。

於是三人把魚鱠拋棄掉，終身不敢再吃魚。

薛偉經過這一番遭遇，病也好了。後來升任華陽縣丞。之後，才去世。

五、張逢

李復言

南陽張逢，元和末，薄遊嶺表❶，行次福州福唐縣橫山店。時初霽，日將暮，山色鮮媚，煙嵐藹然❷。策杖尋勝。不覺極遠。

忽有一段細草，縱橫廣百餘步，碧鮮可愛。其旁有一小樹，遂脫衣掛樹，以杖倚之，投身草上，左右翻轉。既而酣甚，若獸蹍然❸。意足而起，其身已成虎也，文彩爛然。自視其爪牙之利，臂膊之力❹，天下無敵。遂騰躍而起，趍山越壑，其疾如電。

夜久頗飢，因傍村落徐行，犬彘駒犢之輩，悉無可取。意中恍惚，自謂當得福州鄭錄事。乃傍道潛伏。

未幾，有人自南行，乃候吏迎鄭糺者❺。見有人問曰：「福州鄭錄事名璠，計程宿前店，見說何時發來？」人曰：「吾之主人也，聞其飾裝，到亦非久。」候吏曰：「只一人來，且復有同行者？吾當迎拜時，慮其誤也。」曰：「三人之中，慘綠者是。」

其時逢方伺之，而彼詳問，若為逢而問者。逢既知之。攢身以俟❻。俄而鄭糺到，導從甚衆。衣慘綠，甚肥，巍巍❼而來。適到逢前，遂跳銜之❽，走而上山。時天未曉，人莫敢逐，得恣食之，唯遺腸髮。

既而行於山林，孑然無侶，乃忽思曰：「本人也，何樂為虎，自囚於深山，盍求初化之地而復耶。」乃步步尋之。日暮，方到其所。衣服猶掛，杖亦在，碧草依然，翻復轉身於其上，意足而起，即復人形矣。於是衣衣策杖而歸；昨往今來，一復時矣❾。

初，其僕夫驚其失逢也，訪之於鄰，或云，策杖登山，多岐尋之❿，杳無行迹。及其來也，驚喜問其故。逢紿⓫之曰：「偶尋山泉，到一山院，共談釋教，不覺移時。」

僕夫曰：「今旦側近有虎，食福州鄭錄事，求餘不得；山林故多猛獸，不易獨行。郎之未迴，憂負亦極；且喜平安無他。」逢遂行。

元和六年⓬，旅次淮陽，舍於公館。館吏宴客，坐客有為令者，曰：「巡若到，各言己之奇事，事不奇者，罰。」

巡到逢。逢言橫山之事。末坐有進士鄭遐者，乃鄭糺之子也。怒目而起，持刀將殺逢，言復父讎。衆共隔之，遐怒不已，遂白郡將。於是送遐淮南，勅津吏勿復渡。

逢西邁，具改姓名，以避遐。

議曰：「聞父之讎。不可以不報。然此讎非故殺。必使殺逢，遐亦當坐。」遂遁去而不復其讎也。吁，亦可謂異矣！

校志

一、本文據《太平廣記》卷四百二十九與宋臨安書棚本《續玄怪錄》校錄，予以分段，並加註標點符號。

二、汪國垣先生編世界書局出版之《唐人傳奇小說》頁二二八收錄此篇。編者以《廣記》為主，參照臨安書棚本《續玄怪錄》予以校訂。使全文更為清楚可讀。

三、第二段文字「其旁有一小林」，《廣記》作「小樹」。以「樹」為佳。

註釋

❶元和末年薄遊嶺表——元和，唐憲宗年號，共十五年。西元八〇六至八二〇。嶺表，即嶺南。薄遊、小小遊覽。

❷山色鮮媚，煙嵐藹然——雨後山色清新，山嵐可喜。

❸踉然——像野獸一樣滾來滾去。

❹臂膊之力——《廣記》作「胸膊之力」。

❺若候吏迎鄭糺者——糺、案錄事是查糾善惡的文官。因以鄭糺稱之。糾、舉發、糾正。

❻攢身以俟——把身子縮在一起以等候（鄭錄事之到來）。

❼巍巍——高大貌。

❽遂跐銜之——《廣記》無「跐」。跐：躡也。蹈也。

❽昨往今來，一復時矣——昨天去，今天回，往來一天了。

❾多岐尋之——多方面尋找。

❿逢紿之曰——紿、騙。詐。

⓫元和六年——本文開頭說「元和末年」，即鄭錄事被虎所食的事故發生在元和末年，時當西元八二〇年。而現今元和六年，即西元八一一年，而提九年後的事，當係錯誤。「元和末年」，應該是貞元末年，才前後呼應，合情合理。

語譯

南洋人張逢，元和末年，到嶺南地區遊玩。（一日）來到福州福唐縣的橫山店，時雨後初晴，天色將暮，雨後山色清新嫵媚，山嵐飄忽動人。因而策杖尋幽訪勝，不覺越走越遠。

忽然眼前出現一片草地，細草蔥綠，清新可愛。縱橫都有一百步寬廣。草地旁邊有一棵小樹。

他把衣服脫下，掛到樹上。手杖歪在一邊。然後睡倒草地上，左右翻滾，好似野獸，甚有趣味。翻滾夠了，直起身來，不覺自己已變成了一隻文彩斑斕的猛虎。試試自己的爪牙，十分鋒利。伸展自己的四肢，只覺力大無窮。於是奔騰跳躍，試渡山嶺，奔馳像電閃一樣快速。（奔騰之後），不覺夜幕早已降臨，肚子也餓了。他傍著村莊走。狗、豬、小馬、小牛、他都沒興趣。心中恍惚有一個念頭：當捕食福州鄭錄事。於是蜷伏在路旁等候。

不久，有人自南來，乃是迎候鄭錄事的。一人問：「福州錄事名鄭璠。計算日程，他在前一站住店，不知什麼時候可以到？」

一人說：「我的主人，聽說他整裝好了，很快便會到。」

等候的吏人又問：「他是一個人來，還是有同伴？他到達時，我要迎拜，可不能拜錯人！」

答：「他們一共三個人。只有錄事，穿的是慘綠色的官服。」

其時，張逢正潛伏著等鄭錄事到來。候吏的問話，好像是替自己問的。他既知道了，便縮起身子，一心等候著。

不久，鄭錄事到來，前導和後隨的人蠻多的：只見他穿著慘綠色的官服，身體相當肥胖，搖搖擺擺的來到張逢前。張逢急把他踹倒，銜了，奔上山。

當時，還是半夜，天色未明，眾人不敢追逐。張逢乃能飽餐一頓，把鄭錄事啃得只剩下腸子和頭髮。

張逢既吃飽了，乃獨自在山村中行走，只覺自己一人，孑然無伴。因想：「我本來是人，為什麼要作老虎，自囚於深山之中呢？不如找到起初化為老虎的地方，希望能恢復人形。」於是走來走去，走到天快黑，才找到原來的地方。衣服還掛在樹上，手杖也靠在一邊。細草依然。他在草地上翻滾了好一會，心滿意足了，站起身，便恢復了人形。於是穿好衣服，策杖而歸。昨天去，今天回，恰好一整天。

張逢離開後，他的僕人訪尋，鄰近的人說：見他策杖登山。但找了許多地方，都找不到。如今他平安回來，不免又驚又喜。急忙問張逢是怎麼回事。張逢騙他們說：「偶然上山找山泉，到了一處禪院，談論佛道，不知不覺的過了這麼久。」

僕人說：「此地有老虎，今天老虎把鄭錄事抓去吃了，屍骨無存！山林自多猛獸，不可獨行。您沒回來，我們正發愁擔心呢！且喜平安回來了。」

於是張逢一行人便離開了。

六年後，張逢旅次淮陽，住在驛館之中。館吏宴客，坐客中有行酒令者，說：「令行到誰，誰便得述說自己生平的奇事。若說得不夠奇，便罰酒。」令到張逢，張逢便提起在橫山店發生的變虎食人的故事。誰知坐在末座的進士鄭遐，他是鄭錄事的兒子。聽完故事，大怒起身，持刀要殺張逢，以報「殺」父之仇。

大家把兩人隔開來，而鄭遐還是怒不可遏。於是大家向郡將報告。郡將把鄭遐送往淮南，並且命令津吏不可把他渡回來。

張逢則往西走，改名換姓，避開鄭遐。

李復言評論說：「聞殺父之仇，不可不報。但張逢殺鄭錄事並非出於蓄意。若鄭遐要殺他，自己也要因犯罪而受處分。」所以只能遁走不復仇了。唉，也真是奇哉怪也！

六、孫恪

裴鉶

廣德中❶。有孫恪秀才者，因下第，遊於洛中。至魏王池畔，忽有一大第，土木皆新。路人指云：斯袁氏之第也。恪逕往叩扉，無有應聲。戶側有小房，簾幃頗潔，謂伺客之所❷，恪遂搴簾❸而入。

良久，忽聞啓關者，一女子光容鑒物，艷麗驚人。珠初滌其月華，柳乍含其烟媚❹。蘭芬靈濯，玉瑩塵清❺。恪疑主人之處子，但潛窺而已。

女摘庭中之萱草❻，凝思久立，遂吟詩曰：

波見是忘憂，此看同腐草。
青山與白雲，方展我懷抱。

吟諷慘容。後因來褰簾，忽睹恪，遂驚慚入戶。使青衣詰之曰：「子何人？而夕向于此。」

恪乃語以稅居❼之事曰：「不幸衝突。頗益慚駭，幸望陳達於小娘子。」青衣具以告。

女曰：「某之醜拙，況不修容，郎君久盼簾帷，當盡所睹，豈敢更迴避耶。願郎君少佇內廳，當暫飾裝而出。」

恪慕其容美，喜不自勝。詰青衣曰：「誰氏之子？」曰：「故袁長官之女，少孤，更無姻戚，唯與妾輩三五人據此第耳。小娘子見求適人，但未售也。」

良久，乃出見恪，美艷愈於向者所睹。命侍婢進茶果。曰：「郎君即無第舍，便可遷囊橐于此廳院中。」指青衣謂恪曰「少有所須，但告此輩。」恪愧荷而已。

恪未室，又睹女子之妍麗如是。乃進媒而請之。女亦欣然相受，遂納為室。

袁氏贍足❽，巨有金繒。而恪久貧，忽車馬煥若❾，服玩華麗，頗為親友之疑訝，多來詰恪。恪因驕倨，不求名第，日洽豪貴，縱酒狂歌，如此三四歲，不離洛中。

忽遇表兄張閒雲處士，恪謂曰：「既久暌間，頗思從容❿，願攜衾綢⓫，一來宵話。」張生如其所約。

及夜半將寢，張生握恪手密謂之曰：「愚兄於道門，曾有所授，適觀弟詞色，妖氣頗濃，未審別有何所遇。事之巨細，必願見陳。不然者，當受禍耳。」

恪曰：「未嘗有所遇也。」

張生又曰：「夫人稟陽精，妖受陰氣，魂掩魄盡，人則長生；魄掩魂消，人則立死。故鬼怪無形而全陰也，仙人無影而全陽也。陰陽之盛衰，魂魄之交戰，在體而微有失位，莫不表白於氣色。向觀弟神采，陰奪陽位，邪干正腑，眞精已耗，識用漸隳。津液傾輸，根蒂蕩動。骨將化土，顏非渥丹。必為怪異所鑠，何堅隱而不剖其由也！」

恪方驚悟，遂陳娶納之因。

張生大駭曰：「只此是也，其奈之何！」

恪曰：「弟忖度之，有何異焉。」

張曰：「豈有袁氏海內無瓜葛之親哉？又辨慧多能，足[12]為可異矣。」

（恪）遂告張曰：「某一生邅迍[13]，久處凍餒，因滋婚娶，頗似蘇息。不能負義，何以為計？」

張生怒曰：「大丈夫未能事人，焉能事鬼？傳云：妖由人興，人無釁焉，妖不自作。且義與身孰親？身受其災，而顧其鬼怪之恩義，三尺童子，尚以為不可，何況大丈夫乎！」張又曰：「吾有寶劍，亦干將之儔亞也。凡有魍魎，見者滅沒，前後神驗，不可備數。詰朝奉借。倘攜密室，必睹其狼狽，不下昔日王君攜寶鏡而照鸚鵡⓮也。不然者，則不斷恩愛耳。」明日，恪遂受劍。張生告去，執手曰：「善伺其便！」

恪遂攜劍隱於室內，而終有難色。

袁氏俄覺，大怒而責恪曰：「子之窮愁，我使暢泰，不顧恩義，遂興非為。如此用心，則犬彘不食其餘，豈能立節行於人世也。」

恪既被責，慚顏惕慮⓯，叩頭曰：「受教於表兄，非宿心也。願以飲血為盟⓰，更不敢有他意。」汗落伏地。

袁氏遂搜得其劍。寸寸折之，若斷輕藕耳。恪愈懼，似欲奔迸⓱，袁氏乃笑曰：「張生一小子，不能以道義誨其表弟，使行其兇險，來當辱之。然觀子之心，的應不如是。吾匹君已數歲矣，子何慮哉。」恪方稍安。

後數日，因出遇張生，曰：「無何使我撩虎鬚，幾不脫虎口耳。」張生問劍之所在，具以實對。張生大駭曰：「非吾所知也！」深懼而不敢來謁。

後十餘年，袁氏已鞠育二子，治家甚嚴，不喜參雜。後恪之長安，謁舊友人王相國縉，遂薦于南康張萬頃大夫，為經略判官，挈家而往。

袁氏每遇青松高山，凝睇久之，若有不快意。到端州，袁氏曰：「去此半程，江壖[18]有峽山寺，我家舊有門徒僧惠幽，居於此寺。別來數十年，僧行夏臘極高，能別形骸，善出塵垢。倘經彼設食，頗益南行之福。」

恪曰：「然。」遂具齋蔬之類，及抵寺，袁氏欣然易服理粧，攜二子，詣老僧院，若熟其逕者，恪頗異之。遂將碧玉環子以獻僧曰：「此是院中舊物。」僧亦不曉，及齋罷，有野猿數十，連臂下於高松，而食於生臺上[19]，後悲嘯捫蘿而躍。

袁氏惻然，俄命筆題僧壁曰：

剛被恩情没此心，無端變化幾湮沉[20]。
不如逐伴歸山去，長嘯一聲烟霧深。

乃擲筆於地，撫二子咽泣數聲，語恪曰：「好住！好住！吾當永訣矣。」遂裂衣化為老猿，追嘯者躍樹而去。將抵深山而復返視。

恪乃驚懼，若魂飛神喪。良久。撫二子一慟。乃詢於老僧，僧方悟。「此猿是貧道為沙彌時所養。開元中有天使高力士經過此，憐其慧黠以束帛而易之。聞抵洛京，獻於天子。時有天使來注，多說其慧黠過人，長馴擾于上陽宮內。及安史之亂，即不知所之。於戲！不期今日更睹其怪異耳。碧玉環者，本訶陵胡人所施，當時亦隨猿頸而注。今方悟矣。」恪遂惆悵，艤舟六七日，携二子而迴棹，不復能之任也。

校志

一、本文見於《廣記》卷四百四十五，題名〈孫恪〉，下注：「出傳奇」。商務舊小說卷三亦有此文，題名〈袁氏傳〉，下注「又見傳奇。」著者則題為顧夐。《類說》卷三十二有此文，但非常簡略。世界書局四部刊要本《傳奇》於此文下注云：「見《太平廣記》卷四百四十一。」四百四十一為四百四十五之誤。世界書局《唐人傳奇小說》也有此文。因據上列諸書予以校錄、分段、並加注標點符號。

二、願攜衾綢——「綢」字，王夢鷗先生認為是「裯」之誤。《詩》「抱衾與裯。」大被子、小被子。王先生所見甚是。

三、遂告張曰——其上應有一主詞。故加上「恪」字，「恪遂告張曰。」

註釋

❶廣德——唐代宗年號。共兩年。西元七六三至七六四年。

❷伺客之房——等於今日的會客室。

❸搴簾而入——掀起簾子進屋。

❹珠初滌其月華，柳乍含其烟媚——好似洗淨的珠子光如月華照人，又好似柳樹的柔媚。

❺蘭芬靈濯，玉瑩塵清——濯本是水名，此處可能有誤。兩句話不過形容此一女子芬香靈潔、玉瑩冰清。

❻萱草——又名忘憂草。

❼稅居——租屋。

❽贍足——家富為贍。贍足、富有。

❾車馬煥若——車馬光鮮。

❿既久暌間，頗思從容——既以暌違甚久，很想從從容容的相聚一下。

⓫願攜衾綢——綢乃裯之誤。希望把棉被帶來。

⓬足為可異矣——王夢鷗先生認為「足」可能是「是」字之誤。

⓭邅迍——處於困難，不敢前進。邅、迍也。或作屯邅。

⓮王君攜寶鏡而照鸚鵡——王度〈古鏡記〉，起首敘王度借得古鏡，名鸚鵡的女婢為古鏡照到，化為狐狸。

⓯慚言惕慮——又羞又怕。

⑯飲血為盟——今日都說「歃血為盟」。按：歃也是飲的意思。
⑰似欲奔迸——想奔逃。
⑱壖——河邊之地。
⑲食於生臺上——王夢鷗先生認為是「食於土臺上」。「生」為「土」之誤。
⑳湮沉——消滅。

語譯

唐廣德年中，有一位叫孫恪的讀書人，因為考試落榜，到洛中遊玩解悶。走到魏王池畔，他看見一個新大廈，土木皆新。他問路人。路人對他說：「這是袁家的住宅。」他一直走到門前敲門，卻沒回應。屋旁有一間小房間，門簾幃帳，布置得頗整潔。他心想：這大概是待客之處，逕掀簾而入。

過了好一會，他聽見有人開門的聲音。只見一位小姐，光容整潔，美艷動人，珠圓玉潤，柳腰婀媚，蘭香襲人，美目流轉。孫恪疑是主人家的大閨女，只敢偷看。

女郎摘取庭中的萱草，凝思潛立，忽然吟詩道：

彼見是忘憂，此看同腐草。
青山與白雲，方展我懷抱。

玉容寂寞，吟聲慘澹。因捲簾，忽然看見孫秀才在，因羞愧而急忙退入房中。乃使婢女問：「先生何人，怎麼天將向夕而來到此地？」

孫秀才卻告訴她：「想租屋居住。不小心唐突佳人，實感慚愧。還請向小姐表達歉意。」

丫頭照實告之小姐。

小姐說：「我本來就生得不漂亮，而且還不曾化粧。郎君在簾帷中窺看了許久，早看得一清二楚了。我也就不必再迴避了。仍然請郎君稍稍等候，我也要稍微修飾一下再相見。」

孫恪為女郎的美艷所動，心下甚為高興。問女婢：「是誰家的小姐？」

婢女答道：「袁長官的千金，少年時便失去了父母。也沒有親戚，同我們婢女三幾個人住在這個大廈中。小姐原擬嫁人，但還沒有找到適當的婆家。」

過了好一些時候，女郎才出見孫恪。看起來比先前還美。

女郎乃命侍婢送上茶果。說：「郎君既無第舍，便可把行李拿來這院中。」又指侍婢說：「如有什麼需要，對她們說便行。」

洛中。

孫恪尚未婚。又見女郎如此美艷，於是託媒人來說媒。女郎也欣然接受。孫恪遂娶她為妻。袁氏很富有，金帛甚多。孫恪貧困已久，忽然鮮衣怒馬，器玩甚都，親友頗為驚訝，多來詰問。孫恪耽於享受，把功名丟到了一邊。日與豪貴縱酒歌舞，倏忽便過了三四年，從未離開洛中。

一天，忽然遇見表兄張閒雲處士。孫恪對他說：「我們好久沒見面了，很想從容說說話，今天晚上住我家，我們來個通宵長談如何？」

張生同意了。

二人說話說到夜深。該就寢了。張生握住孫秀才的手，輕聲輕語的耳語說：「愚兄曾從道門學到很多。我觀察表弟的言談面色，總覺妖氣很重。不知道你近來是否有碰到特別的事物。不管大小的事，都請告訴我。要不然，你可能受到禍害。」

孫恪說：「沒有什麼特別的事呀！」

張處士說：「人稟陽精而生，妖受陰氣而存。一個人若魂掩魄盡，便能長生。若是魄掩魂消，立即便會死亡。鬼怪因全陰，故無形。仙人全陽，故無影。陰陽的盛衰，魂魄的交戰，在人身體中即使有少少的失調，便會從他的氣色中表現出來。我一直在觀察你的神采，總覺得有點陰奪陽位，邪干正腑，真精已耗，思考和舉動都有點兒退化。一定是受到怪異所激盪而成。何必堅不吐實呢？」

孫恪突然警覺到，於是告訴表兄和袁氏結褵的經過。

張處士大吃一驚，說：「一定是在這上頭出了毛病，可怎麼辦才好？」

孫恪說：「我思忖了很久，可沒有什麼不對的地方呀！」

張說：「袁氏怎麼會在世上沒有一個親戚呢？她又聰明，多才多藝。這都有問題。」

孫逐告張說：「我一生困窮，久處凍餓邊緣。因為和袁氏結婚，才能喘過氣來。可不能忘恩負義。要如何是好呢？」

張表兄怒說：「男子漢大丈夫，未能事人，焉能事鬼？妖由人興。人若不惹妖，妖也不會自來。而且，是性命要緊，還是守義重要？一個人身體已經被傷害了，還說什麼要顧全對害你的妖怪的恩義！兒童都不會同意，何況你是一個堂堂丈夫呢！」

張又說：「我有寶劍一口，和神劍干將也差不了多少。凡是魍魎，看到劍便會被消滅掉。十分神驗，屢試屢應。假若把此劍放在密室之中，一定能使她現出狼狽的情形。好似從前王家的寶鏡照得婢女鸚鵡現出狐狸的元形一樣。」

次日，恪遂拿到寶劍，張處士告別而去。去時還說：「好好便宜行事。」

孫恪把劍放在室中隱密處。但終究有些不太情願。

袁氏隨即發現了，大為惱怒。她責罵孫恪說：「你窮苦不堪，我使你富足。你不顧恩義，遂惹是非。如此用心，豬狗不如。何能立足人世？」

孫恪被責，一臉慚愧，不能狡辯。只好叩頭謝罪。說：「實係表哥教唆，並非心願。我現在願歃血起誓，更不敢有他意。」一時冷汗直流，伏地不起。

袁氏搜到寶劍，將它寸寸折斷，好像折蓮藕一樣。孫恪越發害怕。幾乎想逃跑。

袁氏才笑笑，說：「張某小人，不能以道義教表弟，還教你這等凶險之事。他若再來，我會辱罵他。不過我看這也原不是你的存心。再者，我們都婚姻幾年了，你還有什麼要顧慮的呢？」

孫恪聽了袁氏的話，才安下心來。

過了幾天，孫恪外出，遇見張生，對他說：「為什麼叫我撩撥老虎的鬍鬚呢？差一點讓我被老虎一口咬傷！」

張生因問寶劍何在，孫恪具實相告。張生大驚，說：「這真不是我能了解的！」非常害怕，不敢到孫恪家謁訪。

後十餘年，袁氏為孫恪生了兩個兒子。她治家非常嚴格，什麼事都有條有理。（兩人相安無事，完全沒有張閒雲所說的「陰奪陽位、邪干正腑，精液傾輸、根蒂盪動」的症候。）

有一天，孫恪到京城長安，謁見友人現已榮任宰相的王縉——詩人王維的兄弟，王縉介紹他給南康張萬頃大夫，任經略判官。因此決定攜家眷去上任。

行旅之次，袁氏每遇見青松高山，常凝睇久久，意有怏怏。到了端州，袁氏對丈夫說：「離此半日路程。江壖有一個廟峽山寺，我家舊有門徒僧惠幽，便住在這個廟中。別來已幾十年了。和尚春秋已高，能相人，超然塵世之外。若得他賜食，很能添加南行的福祉。」

孫恪當然說「好。」於是準備了齋蔬之類的食物。到了峽山廟，袁氏高高興興的換了衣服，粧扮整齊，帶了兩個兒子，到老和尚的修行大院。一路上似乎路徑很熟，東轉西彎，一忽兒便到了。孫恪覺得很奇怪。

（不但如此，）袁氏到了僧院，袁氏把碧玉環子送給老和尚。說：「這原來便是廟中的東西。」老和尚也覺得不解。

吃完齋飯，只見有數十頭野猿，連臂從高高的松樹上下到土臺上進食。之後，長嘯攀援藤蘿而躍。

袁氏覺得很哀傷。隨即向和尚要來筆墨，在僧院牆壁上題詩云：

剛被恩情役此心，無端變化幾湮沉。
不如逐伴歸山去，長嘯一聲烟霧深。

於是把筆丟到地上，抱著兩個兒子哭了幾聲。對孫恪說：「好好過日子。我要永久離開你了！」

她把衣服撕開，化為一頭老猿，追逐著那群叫嘯的猿猴而去。將達山上，還轉頭過來注視。孫恪驚慌失措，嚇得魂飛魄散。好一會兒，抱著兩個兒子痛哭。

他問老和尚。老和尚突然想起：「這個猿猴是我作小和尚時所養。開元十幾年，天使高力士經過此地，愛上這頭猿的聰明，以一車帛換去。聽說高力士到京城後，將牠獻給天子。時常有天使經過，都說此猿慧黠可愛，長住在上陽宮中。安史之亂後，便不知那裡去了。唉，想不到今天竟看到這種怪事！碧玉環原是訂陵胡人所施捨，當時便帶在猿的頸上。現在才想起來了。」

孫恪坐船行了數日，心中實在難過，帶了兩個兒子返船回家，無心再去上任了。

附錄　蘇東坡〈峽山寺〉詩

天開清遠峽，地轉凝碧灣。我行無遲速，攝衣步孱顏。
山僧本幽獨，乞食況未還。雲碓水自舂，松門風為關。
石泉解娛客，弄筑鳴空山。佳人劍翁孫，遊戲暫人間。
忽憶嘯雲侶，賦詩留玉環。林空不可見，霧雨霾髻鬟。

詩後，坡公自注云：「《傳奇》所記孫恪袁氏事，即此寺。至今有人見白猿者。」是見此文雖文人遊戲之筆，一代才人蘇軾還頗欣賞其文。坡詩最後六句，便是寫袁氏臨化猿別孫恪而去時的情景：題詩於壁，裂衣捫蘿，追逐群猿而去。

詩見《東坡全集》後集卷四。

七、裴航

裴鉶

唐長慶❶中，有裴航秀才，因下第，遊於鄂渚，謁故舊友人崔相國。值相國贈錢二十萬，遠挈歸於京。因傭巨舟，載於襄漢❷。同載有樊夫人，乃國色也。言詞間接，帷幃昵洽❸。航雖親切，無計道達而會面焉。因賂侍妾裊烟，而求達詩一章曰：

同為胡越❹猶懷想，況遇天仙隔錦屏。
儻若玉京朝會❺去，願隨鸞鶴入青雲。

詩注，久而無答。

航數詰裊烟。烟曰：「娘子見時若不聞，如何！」航無計，因在道求名醞珍果而獻之。夫人乃使裊烟，召航相識。及褰帷，而玉瑩光寒，花明景麗，雲低鬟鬢，月淡修眉，舉止烟霞外人，肯與塵俗為偶？航再拜揖，愕眙良久❻。

夫人曰：「妾有夫在漢南，將欲棄官，而幽棲巖谷，召某一訣耳。深哀草擾，慮不及期，豈更有情留盼他人；的不然耶？但喜與郎君。同舟共濟，無以諧謔為意耳。然亦與郎君有小小因緣，他日必得為姻懿。」

航曰：「不敢！」飲訖而歸。操比冰霜，不可干冒❼。

夫人後使裊烟持詩一章曰：

一飲瓊漿百感生，玄霜搗盡見雲英。
藍橋便是神仙窟，何必崎嶇上玉清。

航覽之，空愧佩而已。然亦不能洞達詩之旨趣❽。後更不復見，但使裊烟達寒暄而已。遂抵襄漢，與使婢挈粧奩，不告辭而去，人亦不能知其所造❾。航遍求訪之，滅跡匿影，竟無蹤兆。遂飾粧歸輦下❿。經藍橋驛側近，因渴甚，遂下道求漿而飲。見茅屋三四間，低而復隘，有老嫗緝麻苧，航揖之求漿。嫗咄曰：「雲英擎一甌漿來，郎君要飲。」航訝之，憶樊夫人詩有「雲英」之句，深不自會。

俄於葦箔⓫之下，出雙玉手捧瓷⓬，航接飲之，眞玉液也。但覺異香氤鬱，透於戶外⓭。因還甌，遽揭箔，睹一女子，露裛瓊英，春融雪彩，臉欺膩玉，鬢若濃雲；嬌而掩面蔽身，雖紅蘭之隱幽谷，不足比其芳麗也⓮。

航驚怛，植足而不能去⓯。因白嫗。曰：「某僕馬甚饑，願憩於此，當厚答謝，幸勿見阻。」嫗曰：「任郎君自便。」且遂飯僕秣馬⓰。

良久，謂嫗曰：「向睹小娘子，豔麗驚人，姿容擢世⓱，所以躊躇而不能適。願納厚禮而娶之，可乎？」

嫗曰：「渠已許嫁一人，但時未就耳。我今老病，只有此女孫。昨有神仙，遺靈丹一刀圭⓲，但須玉杵臼，擣之百日，方可就吞，當得後天而老。君約娶此女者，得玉杵臼，吾當與之也。其餘金帛，無用處耳。」

航拜謝曰：「願以百日為期，必攜杵臼而至，更無許他人。」嫗曰：「然。」航恨恨而去。

及至京國，殊不以舉事為意，但於坊曲鬧市喧衢，而高聲訪其玉杵臼，曾無影響。或遇朋友，若不相識，衆言為狂人。數月餘日，遇一貨玉老翁曰：「近得虢州藥鋪卞老書云有玉杵臼貨之。郎君懇求如此，此君，吾當為書導達。」航謝，珍重持書而去。果獲杵臼。

卞老曰：「非二百緡⑲不可得。」

航乃瀉囊，兼貨僕貨馬⑳，方及其數。遂步驟獨挈㉑，而抵藍橋。

昔日嫗大笑曰：「有如是信士乎！吾豈愛惜女子而不酬其勞哉。」

女亦微笑曰：「雖然，更為吾擣藥百日，方議姻好。」

嫗於襟帶間解藥，航即擣之。晝為而夜息。夜、則嫗收藥臼於內室。航又聞擣藥聲，因窺之，有玉兔持杵臼，而雪光輝室，可鑒毫芒。於是，航之意愈堅，如此日足㉒。

嫗持而吞之曰：「吾當入洞，而告姻戚，為裴郎具帳幃。」遂挈女入山，謂航曰：「但少留此。」

逡巡，車馬僕隸，迎航而往，別見一大第連雲，珠扉晃日，內有帳幄屏幃，珠翠珍玩，莫不臻至，愈如貴戚家焉。仙童侍女，引航入帳，就禮訖，航拜嫗，悲泣感荷。

嫗曰：「裴郎自是清冷裴真人㉓子孫，業當出世，不足深愧老嫗也。」及引見諸賓，多神仙中人也。

後有仙女，鬟髻霓衣，云是妻之姊耳。航拜訖，女曰：「裴郎不相識耶？」航曰：「昔非姻好，不醒拜侍。」女曰：「不憶鄂渚同舟，回而抵襄漢乎？」航深驚怛，懇悃陳謝。

後問左右，曰：「是小娘子之姊，雲翹夫人；劉綱仙君之妻也。已是高真，為玉皇之女吏。」

嫗遂遣航，將妻入玉峰洞中，瓊樓珠室而居之，餌以絳雪瓊英之丹，體性清虛，毛髮紺綠，神化自在，超為上仙。至太和中，友人盧顥，遇之於藍橋驛之西，因說得道之事。遂贈藍田美玉十斤，紫府雲丹一粒。敘話永日，使達書于親愛。

盧顥稽顙曰：「兄既得道，如何乞一言而教授。」航曰：「老子曰：虛其心，實其腹。今之心愈實，何由得道之理？」盧子懵然，而語之曰：「心多妄想，腹漏精溢，即虛實可知矣。凡人自有不死之術，還丹之方，但子未便可教，異日言之。」盧子知不可請，但終宴而去。後，世人莫有遇者。

校志

一、本文據《太平廣記》卷五十〈裴航〉、商務《舊小說》卷五《傳奇・裴航》、世界本宋羅燁《醉翁談錄》辛集卷之一〈裴航遇雲英於藍橋〉諸文校錄。予以分段，並加註標點符號。《類說》卷三十二、《紺珠集》卷十一都載有此文。足見其流傳之廣。其事且常為文人引用。如蘇東坡詞：「藍橋何處覓雲英，唯有多情流水伴人行。」

二、唐長慶中——長慶、唐穆宗年號。僅四年。西元八二一至八二四年。「唐」字當係《廣記》編者後加。

三、同舟共濟，無以諧謔為意耳——《醉翁談錄》作「幸無以諧謔為意。然亦與郎君有小小因緣，他日必得為姻懿。」《類說》同。因補上。

四、航遇一貨玉老翁，翁給一信，其下《廣記》作「航愧荐珍重。」意似不足。《醉翁談錄》作「航媿謝，珍重持書而去。」意較完整。因照添改。

五、計有功《唐詩紀事》卷四十八〈裴航〉條載此事，甚為簡略，只有兩首詩全錄。第一首「入青雲」作「入青冥。」第二首「神仙窟」作「神仙宅」。

註釋

❶唐長慶中——「唐」字似是《廣記》編者添上的。長慶是唐穆宗年號，共四年，自西元八二一至八二四年。

❷鄂渚——在湖北省武昌縣西長江中。

❸載於湘漢——湘水在湖南。《類說》、《醉翁談錄》，均作「襄、漢。」按：漢水流至湖北省襄陽縣境，

亦稱襄河。襄水。裴航既在湖北，則載於襄漢較為合理。且兩人第二次見面時，曾提及「不憶鄂渚同舟，回而抵襄漢乎？」故「湘漢」肯定是「襄漢」之誤。

❸言詞問接，帷幃昵洽——《醉翁談錄》作「航雖聞其言語，而無計一面。」簡單明瞭，昵、親近。昵洽、和洽親近。

❹胡越——胡在北，越在南。喻疏遠。

❺儻若玉京朝會去——玉京、天帝所居。李白詩：「遙見仙人彩雲裡，手把芙蓉朝玉京。」

❻腭眙良久——眙、目不轉睛的看。愕視曰眙。「腭」、可能是「愕」之誤。

❼操比冰霜，不可干冒——態度冷峻如冰霜，使別人不敢冒犯。

❽航覽之三句——裴航看了，空有慚愧佩服之心，卻也不太明瞭詩中的意思。

❾不知其所造——造、至也。詣也。不知道他要到那裡去。

❿輦下——京師。京城。

⓫葦箔——蘆葦編的簾子。

⓬雙玉手捧瓷——《醉翁談錄》「瓷」下多一「甌」字，較為完整。

⓭異首氤鬱，透於戶外——《舊小說》卷五《傳奇》作「異香」。以「異香」為是。香氣瀰漫，透到門外。

⓮露裛瓊英七句——形容女子之美。

⓯植足不能去——驚怛到不知移步。

⓰秣馬——以糧草餵馬。

⓱姿容擢世——擢、音濁。獨出貌。擢世，超然塵世之上。

⓲刀圭——量藥之具。準如梧桐子大。

⑲二百緡——緡、用以穿銅錢的絲線。一緡穿一千錢。二百緡，即二十萬錢。
⑳瀉——此處有誤。裴航把行囊、僕人、馬匹全賣掉。
㉑遂步驟獨挈——於是獨個兒拿了玉臼，步行而至。
㉒如此日足——如此搗完了一百天。
㉓清冷裴真人——據王夢鷗先生《唐人小說研究》第一集一四一頁稱：「清冷裴真人」應該是「清靈真人裴玄仁。」

語譯

長慶年中，有一位叫裴航的士子，因為考進士落了榜，到鄂渚遊玩散心。他往見故舊好友崔相國。相國送給他二十萬錢，遠遠的要帶到京師去。因此，他僱了一條大船，航行於襄漢水上。

同船有一位女士樊夫人，生得天姿國色。裴航和她隔著帳帷；但聽見聲音。雖然想親近，卻沒有正當的理由。他設法買通了樊夫人的侍婢裊烟，寫了一首詩，要她轉致。詩云：

同為胡越猶懷想，況遇天仙隔錦屏。

儻若玉京朝會去，願隨鸞鶴入青雲。

詩是帶去了，卻久無回音。

裴航好幾次問裊烟，但裊烟說：「娘子見了詩理也不理，怎麼辦呢？」

裴航也沒辦法，只好一路上買些美酒珍果獻給夫人。

一天，夫人乃要裊烟請裴航相見。

掀起簾帷，只見夫人像玉一樣光瑩，好似名花麗景，秀髮如雲，星目修眉，舉止出塵，彷若神仙。裴航再三拜揖，目不轉睛的看著。

夫人說：「我先生在漢水南面，將要棄官，歸隱山林。叫我去見面。正愁時間趕不上，無心留意他人。高興能與先生同舟共濟，幸不要以說話不敬為意。然而，我與先生也小有因緣。將來我們會成為親戚的。」

後來，夫人使裊烟拿一章詩回答裴航。詩云：

一飲瓊漿百感生，玄霜擣盡見雲英。

藍橋便是神仙窟，何必崎嶇上玉清。

裴航讀了詩，只有慚愧敬佩，卻也不能瞭解詩中的旨趣。

其後，夫人再未和裴航見面。

船到了襄漢，夫人使婢女拿了粧奩，不辭而別。也沒有人知道她去了那裡。裴航到處尋訪，也不得要領。才死了心，整裝歸京城。

他途經藍橋驛附近，因為口渴，離開道路想找水喝。他看見有三四間茅屋，又低又窄小，一位老婆婆在緝麻繩。

裴航向老婆婆作揖致禮，請給水喝。

老婆婆叫道：「雲英，拿一杯水來，郎君口渴要喝水呢。」

裴航覺得很驚訝。因為樊夫人的詩中有「雲英」的名字。卻不太瞭解。

然後，從蘆葦編的簾子下，伸出一雙玉手，捧著一瓷甌水來。裴航接過來喝了。還甌之時，他突然揭起簾子，只見一位絕色女子，臉賽過美玉，髮好似濃雲，見了裴航，立即掩面蔽身。比之空谷中的幽蘭，還要芳香動人得多。

驚詫得腳都移不動的裴航，對老婆婆說：「我的僕人，我的馬匹，都又累又餓，打算在這兒歇息，當重重的謝您，希望您不要拒絕。」

老婆婆說：「郎君自便。」立予飯僕、飼馬。

好一會兒，裴航又對老婆婆說：「剛才看見小娘子，美麗驚人，姿容出世，所以躊躇不知所措。願納厚禮，娶她為妻。希望您能俯允。」

老婆婆說：「她將配給一個郎君，現在時間還沒到。我現在又老又病，只這麼一個孫女兒。昨天遇見神仙，賜我一刀圭的靈丹，但須要玉杵臼，搗一百天，才能服用。服用之後，便能長生不老。你要娶小孫女，必須玉杵臼。其他金珠財帛，對我毫無用處。」

裴航拜謝。說：「以一百天為期，一百天內，我會帶玉杵臼來。不可再答應別人。」

老婆婆說：「好。」於是裴航恨恨而去。

到了京城，裴航根本不把進士考試當一回事。卻到坊曲鬧市，大街小巷，高聲叫買玉杵臼。卻一無所獲。遇見友人，裝作不認識。大家都說他是一個瘋子。過了兩三月，他遇見一位賣玉器的老翁說：「最近收到虢州藥舖卞老先生的信，說是有玉杵臼出售。郎君既如此相求，我為你寫一封介紹信去給卞老，為你紹介。」

裴航再三道謝，持書而去。果然尋得玉杵臼。

卞老說：「價格是二百緡錢。少一個子都不行。」

裴航乃傾囊、而且還賣去了僕人和馬匹，湊足二百緡——正好是二十萬——付給了老。而後帶了玉杵臼，徒步趕到藍橋。

老婆婆見到裴航，笑著說：「有你這麼一位守信用的讀書人，我當然要把孫女嫁給你，酬答你的辛勞。」

小姑娘說：「雖然，你還得替我搗藥一百天，才能談婚嫁。」

老婆婆從腰帶中解下藥，裴航立即開始搗藥，他白天搗藥，晚上休息。夜晚，老婆婆把藥和玉杵臼收到內室。而裴航還是聽見搗藥的聲音。他暗中偷看，發現有一隻玉兔，雪白的毛，光輝照明一室，持著玉杵搗藥。於是裴航更堅定了意志，一心搗藥，直到一百天。

藥搗好了，老婆婆吞下藥。說：「我現在要回仙洞，告知姻親，並為郎君準備寢具帳幃。」於是帶女入山。並告訴裴航：「暫在此地等候。」

逡巡之間，車馬僕婢都來到，迎接裴航。到一處所，只見大廈連雲，鑲著珍珠的門在太陽下閃閃發光。屋內帳、幄、屏、幃、珠翠、珍玩，莫不齊備。很像皇親國戚的旅第。仙童侍女，引航入室交拜。行禮完，裴航拜老婆婆，感激落淚。

老婆婆說：「郎君乃是清靈裴真人的後代，注定要出世，不必太多禮。」又為裴航引見賓客。都是神仙中人。

有一仙女，鬟髻羽裳，說是小娘子的姐姐。裴航上前拜見。仙女說：「裴郎君不認得我嗎？」

裴航說：「從前不是親戚，不記得曾拜見過。」

仙女說：「不記得我們同船由鄂渚到襄溪嗎？」

裴航想起當時題詩事，又驚又謝。

他問左右。答說：「是小娘子的姐姐雲翹夫人。劉綱仙君的夫人。已是高真，是玉皇大帝的女吏。」

老婆婆遂將裴航夫婦送到玉峰洞，住在瓊樓珠室之中。服用絳雪瓊英的丹藥，體性清虛，毛髮皆綠。神化自在，修成上仙。

太和中，友人盧顥，在藍橋驛的西面遇見裴航。裴航告訴他自己已得道的事。他送給盧顥十斤藍田美玉，一粒紫府雲丹。說了一整天的話，他並要盧顥傳達消息給他的親友。

盧顥稽首向他討教：「我兄既然得道，請說一句話教導我們吧。」

裴航答：「老子曰：『虛其心，實其腹。』今之人心愈實，如何能得道呢？」

盧子懵然。

裴航又說：「心多妄想，腹漏、精溢、即虛實可知了。凡人自有不死之術，還丹的方法，但足下未便可教，等以後再說吧。」

盧顥知道再問也問不出什麼道理來。宴聚之後便走了。

此後，世人再也沒見到裴航。

八、崔護

孟棨

博陵❶崔護，資質甚美，而孤潔寡合❷。舉進士下第。清明日，獨遊都城南。得居人莊，一畝之宮❸，而花木叢萃，寂若無人。

扣門久之。有女子自門隙窺之，問曰：「誰耶？」

護以姓字對，曰：「尋春獨行，酒渴求飲。」

女入，以盃水至；開門，設床命坐❹；獨倚小桃斜柯佇立，而意屬殊厚❺，妖姿媚態，綽有餘妍❻。

崔以言挑之，不對。彼此目注者久之。崔辭去，送至門，如不勝情而入。崔亦睠盼❼而歸。爾後絕不復至。

及來歲清明日，忽思之，情不可抑，逕往尋之。門院如故，而已鎖扃之。崔因題詩於左扉曰：

去年今日此門中，人面桃花相暎紅；
人面不知何處去❽，桃花依舊笑春風。

後數日，偶至都城南，復往尋之。聞其中有哭聲，扣門問之。有老父出曰：「君非崔護耶？」曰：「是也。」又哭曰：「君殺吾女！」崔驚怛❾，莫知所答。

老父曰：「吾女笄年❿知書，未適人。自去年以來，常恍惚若有所失。比日⓫與之出，及歸，見左扉有字，讀之，入門而病，遂絕食數日而死。吾老矣，惟此一女，所以不嫁者，將求君子，以託吾身。今不幸而殞，得非君殺之耶！」又持崔大哭。

崔亦感慟，請入哭之。尚儼然⓬在床。崔舉其首，枕其股⓭，哭而祝曰：「某在斯，某在斯⓮。」須臾開目，半日復活。老父大喜，遂以女歸之。

校志

一、本文據《本事詩．情感第一》、《太平廣記》卷二七四〈崔護〉條校錄

二、「資質甚美」，《本事詩》作「姿質甚美。」

三、「鎖扃之」，《本事詩》作「扃鎖之」。

四、計有功的《唐詩記事》卷四十有崔護一條。記敘簡略。但說：「護字殷功，貞元十二年登第，終嶺南節度使。」清徐松《登科記考》因據以採錄。

五、《唐尚書省郎官柱石題名考》第三七〇頁載：「崔護（又戶中）。新表南祖崔氏：大理少卿銳子護，字殷功，嶺南節度使、武城縣子。《會要》（七十六）：元和元年四月，才識兼茂明於體用科崔護及第。《緯略》同。憲宗處分及第舉人詔：才識兼茂明於體用科人第四次等崔護，中書門下即與處分。《大詔令》。舊文宗紀：大和三年七月丁酉，以京兆尹崔護為御史大夫、嶺南節度使。《文苑英華》五有崔護〈日五色賦〉。《玉海》百九十五貞元十二年，進士試〈日五色賦〉。」（清勞格編。中華書局。）

註譯

❶博陵崔護——唐重郡望。名前常冠郡名。如隴西李益。博陵，今河北定縣一帶。

❷孤潔寡合——因為清高自恃，所以不太和人來往。

❸一畝之宮——古時，貴賤所居都可稱宮。宮又有「圍牆」的意思。

❹設床命坐——古坐具曰床。安坐具給崔護坐。

❺意屬殊厚——屬意之至。

❻綽有餘妍——綽：多，寬。大大的有妍美的態度。

❼睠盼而歸——睠、回顧。睠盼、回頭看。

❽人面不知何處去——中華《歷代詩話續編．本事詩》作「人面祇今何處去？」《唐詩紀事》卷四十作「何處在」。沈括《夢溪筆談》卷十四中說：「崔護『題城南詩』，……後以其意未全，改第三句曰：『人面祇今何處在？』」

❾驚怛——怛、音妲。驚。害怕。

❿笄年知書——古時，「女子十五而笄。」女子十五歲時，髮上插笄。笄、安髮用的竹製簪子。後來以「笄年」為及嫁之年。

⓫比日——或作「此日」。比日、連日。

⓬儼然——端莊如生。

⓭崔舉其首，枕其股——崔護抬起女郎的頭，放在自己大腿上。

⓮某在斯——我在這裡。「某在斯，某在斯。」《論語．衛靈公》。

語譯

博陵崔護，聰明俊秀，而孤潔寡合。選中赴進士試，卻沒考上。清明日，獨個兒到京都的城南郊遊解悶。到了一處人家，約有一畝大的莊園。花木繁茂，卻闃然似無人居。

他到門前扣門，好一會兒，才有一位姑娘從門縫中問：「是哪一位？」崔護告訴她姓名。並說：「獨個兒尋春，酒後口渴，請給一盃水喝。」小姑娘進去，端了一盃水，開門請崔護進去，搬了一個坐具讓他坐。自己卻靠在一枝斜出的紅花盛開的桃枝旁。情態頗有愛屬之意。嬌媚動人，美艷有加。崔護用言詞拟和她搭訕，她卻又不回答。彼此脉脉含情，互相注視了好一會兒，崔護才告辭出門。小姑娘依依不捨的送他出門，戀戀、卻還是不得已的關上了門。崔護也頻頻回顧，很不情願的離開了。之後，便沒再去過。

第二年清明，他忽然想起了給水喝的小姐，思念之情甚亟，一直走到城南舊地來尋找。他所看到的，卻是門庭如舊，門已上鎖。感慨之餘，他在左邊門上題了一首詩道：

去年今日此門中，人面桃花相映紅；
人面不知何處去，桃花依舊笑春風。

幾天後，他偶然來到城南——應當是潛意識的——卻聽到屋內有哭聲。扣門相問，有一位老人家出來，說：「郎君莫非是崔護？」

答：「正是。」

老人又哭。說：「你殺死了我的女兒了！」

崔護大驚，不知如何回答。

老人說：「我女兒正是待嫁之年，頗知書達禮，尚未字人。自從去年清明後，經常精神恍惚。我和她連日在外，歸來看見左邊門上的題詩，進門後便得病，幾天沒吃東西，死了。我老了，只這麼一個女兒。所以還沒嫁出去，總想為她找一個君子，我老來也有個依靠。她現在死了，難道不是你殺死她的？」說完，抱著崔護大哭。

崔護也十分感動。請老人讓他到屋內哭別。

他看到小姑娘儼然如生，於是抬起她的頭，枕在自己的腿上。邊哭邊叫。說：「我在這裡！我在這裡！」

片刻之間，小姑娘竟張開了眼。差不多半天左右，居然復活過來。

老人家大大的高興，便把女兒許配給崔護。

說明

這是一篇流傳甚廣的故事。「人面桃花」這一個典故，後人常加引用。元朝的白仁甫、尚仲賢，都曾根據這一個故事寫了「崔護渴漿」的雜劇。

宋尤袤著《全唐詩話》卷三〈崔護條〉載：

護，字殷功。貞元十二年登第，終嶺南節度使。沈存中云：「唐人以詩主人物，故雖小詩，莫不挺揉極工而後已，所謂句鍛月鍊者，信非虛言。小說護題城南詩，其始曰：『去年今日此門中，人面桃花相映紅。人面不知何處去，桃花依舊笑春風。』後以其意未全，語未工，改第三句曰：『人面祇今何處去。』至今所傳有此兩本，惟本事詩作『祇今何處在』。唐人作詩，大率如此，雖有兩今字，不恤也，取語意為主耳。後人以其有兩今字，故多行前篇。」

九、破鏡重圓

孟棨

陳❶太子舍人❷徐德言之妻，後主叔寶之妹。封樂昌公主❸。才色冠絕。德言為太子舍人時，陳政方亂。德言知不相保。謂其妻曰：「以君之才容，國亡必入權豪之家，斯永絕矣。儻情緣未斷，猶冀相見，宜有以信之。」乃破一鏡，人執其半。約曰：「他日必以正月望日，賣於都市。我當在，即以是日訪之。」

及陳亡，其妻果入越公楊素❹之家，寵嬖殊厚。德言流離辛苦，僅能至京。遂以正月望日，訪於都市。有蒼頭賣半鏡者，大高其價，人皆笑之。德言直引至其居，設食❺，具言其故，出半鏡以合之。乃題詩曰：

鏡與人俱去，鏡歸人未歸。
無復嫦娥影，空留明月輝。

陳氏得詩，涕泣不食。素知之，愴然改容。即召德言，還其妻。仍厚遺之❻。聞者無不感歎。（素）仍與德言陳氏偕飲。令陳氏為詩。詩曰：

今日何遷次，新官對舊官。
笑啼均不敢，方驗作人難❼。

遂與德言歸江南，竟以終老。

校志

一、本文據商務印書館萬有文庫薈要《舊小說》卷七《本事詩》、中華書局《歷代詩話續編·

本事詩》與《太平廣記》卷一六六〈楊素〉條校錄，予以分段，並加註標點符號。

二、「乃破一鏡」，有的版本作「乃破一照」。其後「鏡」字都易為「照」。我們認為以「鏡」為佳。是以我們從「廣記」作「鏡」。

三、題目「破鏡重圓」，是編者擅加。

註解

❶陳——南朝陳霸先受梁禪稱帝，國號陳，有今長江、粵江兩流域各省地，都建康。即今南京市。傳至後主叔寶，為隋所滅。歷三世，凡五主。共三十三年。

❷太子舍人——在唐朝，太子舍人屬右春坊，共四人，正六品上。掌行令書、表啟、諸臣上皇太子，大事以牋，小事以啟。其封題皆經右春坊通事舍人以進。

❸樂昌公主——母氏不詳。

❹楊素——隋華陰人，字處道，性機詐，善屬文。從隋高祖定天下，封越國公。貴盛無比，而貪冒財貨，為時所鄙。

❺設食——或作「予食」我們認為「予食」十分不尊重人。認「設食」為佳。

❻厚遺之——意思是給了德言一份豐厚的贈禮。

❼今日何遷次四句——「遷次」本是「移官」的意思。公主換老公，好似遷官。新官對舊官。前任丈夫，現

任丈夫都在座。所以，高興也不好，不高興、也不好。兩個丈夫都不好意思得罪，才體會到真正作人的困難。

語譯

陳太子舍人徐德言的妻子，是陳後主陳叔寶的妹妹，封樂昌公主。長得貌美心慧，一時無雙。

德言任太子舍人之時，國家的政治局勢已經十分紛亂。德言知道：一旦動亂發生，他很難保全妻子。他對妻子說：「以妳的才貌，國家若滅亡了，你會被權豪之家奪去。倘若我們情緣未了，應該有一樣信物。」

他將一面銅鏡破成兩半。自己拿半塊，另半塊交給妻子。

他說：「（我們若是走散了，）正月初一元旦，到都會市場中叫賣破鏡。我當會在那裡，便可走訪。」

陳亡了，樂昌公主果然進入了越國公楊素家，很受到寵愛。

德言一路逃亡，艱辛備嘗。好不容易到了京城，便在大年初一那一天，到市場訪問。

有一個老僕人，拿著半面鏡子，到市場叫賣，而且叫價很高。市民都笑他。德言把他帶到自己居停之所，拿出食物給他吃，問他賣半鏡的原委。而後拿出自己的半塊銅鏡，兩鏡相合，天衣無縫。

德言因而題了一首詩云：

鏡與人俱去，鏡歸人未歸。
無復嫦娥影，空留明月輝。

陳氏得到詩後，哭泣，不能進食。楊素問明原故，愴然動容。立即召來德言。把妻子還給他。還大大的送給德言一筆錢。聽到這個故事的人無不感慨讚歎。

楊素還請德言和陳氏一起吃飯。他要陳氏也作一首詩。陳氏詩曰：

今日何遷次，新官對舊官。

笑啼均不敢，方驗作人難。

其後，陳氏遂隨同德言到了江南，終老江南。

十、三夢記

白行簡

人之夢，異於常者有之。或彼夢有所往而此遇之者。或此有所為而彼夢之者。或兩相通夢者。

一

天后時❶，劉幽求❷為朝邑丞❸。常❹奉使，夜歸。未及家十餘里，適有佛堂院，路出其側。聞寺中歌笑歡洽。寺垣短缺，盡得睹其中。劉俯身窺之。見十數人，兒女雜坐❺。羅列盤饌，環繞之而共食。見其妻在坐中語笑。劉初愕然，不測其故久之。且思其不當至此。復不能捨之。又熟視容止言笑，無異。將就察之。寺門閉不得入。劉擲瓦擊之，中其罍洗❻破迸走散。因忽不見。劉踰垣直入，與從者同視，殿廡皆無人。寺扃如故。劉訝益甚，遂馳歸。

比至其家，妻方寢。聞劉至，乃敘寒暄訖。妻笑曰：「向夢中與數十人遊一寺，皆不相識。會食於殿庭。有人自外以瓦礫投之，杯盤狼籍，因而遂覺。」

劉亦具陳其所見。

蓋所謂彼夢有所往而此遇之也。

二

元和四年❼，河南元微之❽為監察御史，奉使劍外❾。去踰旬。予與仲兄樂天❿、隴西李杓直同遊曲江。詣慈恩佛舍，徧歷僧院，淹流移時。日已晚，同詣杓直修行里第。命酒對酬。甚歡暢。兄停杯久之。曰：「微之當達梁⓫矣。」命題一篇於屋壁。其詞曰：

春來無計破春愁，醉折花枝作酒籌。

忽憶故人天際去，計程今日到梁州。

實二十一日也。

十許日，會梁州使適至，獲微之書一函。後寄〈寄夢詩〉一篇。其詞曰：

夢君兄弟曲江頭，也入慈恩院裡遊。
屬吏喚人排馬去，覺來身在古梁州。

日月與遊寺題詩日月率同。蓋所謂此有所為而彼夢之者矣。

三

貞元⑫中，扶風竇質與京兆韋旬同自亳⑬入秦。宿潼關⑭逆旅。竇夢至華嶽祠，見一女巫，黑而長。青裙素襦，迎路拜揖。請為之祝神。竇不獲已，遂聽之。問其姓，自稱趙氏。及覺，具告於韋。

明日至祠下，有巫迎客。容質妝服，皆所夢也。顧謂韋曰：「夢有徵⑮也。」乃命從者視囊中，得錢二鐶，與之。

巫撫掌大笑。謂同輩曰：「如所夢矣！」

韋驚問之。

對曰：「昨夢二人從東來。一髯而短者祝酹⑯，獲錢二鐶⑰焉。及旦，乃徧述於同輩。今則驗矣。」

竇因問巫之姓氏。

同輩曰：「趙氏。」

自始及末，若合符契⑱。蓋所謂兩相通夢者矣。

行簡曰：「《春秋》及子、史，言夢者多。然未有載此三夢者也。世人之夢亦衆矣，亦未有此三夢。豈偶然也？抑亦必前定也？予不能知。今備記其事，以存錄焉。

校志

一、本文據明鈔本《說郛》、《本事詩》〈徵異第五〉與《太平廣記》卷二百八十二〈元稹〉條等校錄，並予以分段，加註標點符號。

二、《本事詩》所載元微之的詩與他本略有不同：

夢君兄弟曲江頭，也入慈恩院裡遊。

驛吏喚人排馬去，忽驚身在古梁州。

導讀

人沒有不睡覺的。睡覺沒有不作夢的。

古人最有名的夢，一是《莊子》的蝴蝶夢。莊子倚几卧，夢到自己化為蝴蝶。夢醒後，他問自己：究竟自己本是蝴蝶，夢中變為人、還是自己本為人，夢中卻化為蝴蝶的呢？

其次，《列子》的富豪尹氏故事。尹氏有一僕人，白天作奴僕，苦不堪言。夜夢為國君。樂不可支。他對人說：「人生日夜各半。我白天辛苦，晚上享受，沒有什麼好埋怨的。」

第三是楚襄王的高唐一夢，夢見巫山神女侍寢。

我們讀《太平廣記》，其中說夢的，竟有二百餘條之多。唐人想像力極為豐富。既有解駢為散的古文運動，詩歌的創新，傳奇的發展，也都超越了前代。即以夢為體裁的傳奇而言，像〈南柯太守傳〉、〈枕中記〉讓人在夢中經歷一生，可說是把夢發揮得淋漓盡致。白行簡說：「春秋子史，言夢者多。」確非虛語。而今人劉開榮認為「說夢」，「是受了印度《雜寶藏經．沙羅那之夢》的影響。」又說：「印度文學，把我們中國文學帶領到多種文體的境界。」

我們不懂梵文。我們不知道，梵文究竟有多少種文體。我們中國文學，文體之多，像對聯、迴文、歇後語、俏皮話、順口溜，筆者粗識英、法、西班牙及日本文字，這些文體都不可能見諸這幾國文字之中。

清末民初，西風東漸。略涉外文的讀者，自視甚高，便瞧不起本國人文。實在令人厭惡。

本文作者白行簡，他是唐代大詩人白居易的弟弟。著名的傳奇〈李娃傳〉也是他的作品。其人寫〈李娃傳〉時，才剛二十左右年紀。元和二年進士及第。《唐詩紀事》載：

白行簡、字知退。敏而有詞。元和二年登第。為度支郎中。小字阿憐。

《新唐書》卷一百一十九本傳說他：「敏而有辭，後學所慕尚。」

文中白居易與元微之的絕句各一首，見諸《唐人萬首絕句選》中。

註釋

❶天后——唐高宗后武則天，高宗駕崩，她改唐為周，作起了中國有史以來的第一個女皇帝。她的年號，從

文明、光宅、到大足、長安，二十餘年換了十八個年號。

❷劉幽求——《新唐書．劉幽求傳》載：

劉幽求，冀州武彊人。聖曆中，舉制科中第。調閬中尉，刺史不禮，棄官去。久之，授朝邑尉。桓彥範等誅張易之、昌宗，而不殺武三思，幽求謂彥範曰：「公等無葬地矣。不早計，後且噬臍。」不從。既，五王皆為三思構死。

臨淄王入誅韋庶人，預參大策，是夜號令詔敕一出其手。以功授中書舍人，參知機務，爵中山縣男，實封二百戶，授二子五品官，二代俱贈刺史。睿宗立，進尚書右丞、徐國公，增封戶至五百，賜物千段，奴婢二十人、第一區、良田千畝、金銀雜物稱是。

他曾數度入相。開元初，進尚書左丞相，不久以太子少保罷官。卒時年六十一，贈禮部尚書，謚文獻。劉幽求既有其人，其事也可能是真實。

❸朝邑丞——朝邑，在今之陝西。丞、縣令之下有縣丞。有如今日之副縣長。

❹常——通嘗。常奉使：嘗奉使：曾經出差。

❺兒女雜坐——男女雜處。

❻罍洗——罍、酒杯之類。洗、承污水的瓶、罐。例如：今日吃螃蟹，多有放一大碗水，中置檸檬一片，供洗手之用的水碗。

❼元和——唐憲宗年號，共十五年。

❽元微之——元稹、字微之，河南河內人。十五歲即明經及第。由左拾遺累官至工部侍郎平章事，即宰相。最後任武昌軍節度使。薨于鎮，享年五十三歲。

❾劍外——劍門之南。指四川。

❿樂天——白居易，字樂天，是作者白行簡的二哥。唐代大詩人。兩唐書均有傳。
⓫梁州——古九州之一，包括四川等地。此處指四川。
⓬貞元——唐德宗年號。共二十年。
⓭自亳入秦——亳，今河南商丘。秦，陝西。
⓮潼關——在今陝西潼關縣。
⓯夢有徵也——徵，驗。夢應驗了。
⓰祝醑——醑，美酒。祝醑，以美酒敬神。
⓱鐶——銅錢中間有方孔可以繩穿成一串的叫鐶。此處「二鐶」，當是兩串錢的意思。
⓲若合符契——若合符節。完全吻合。

語譯

人人都會作夢，但有些夢不平常。如張三作夢為李四所遇見。或者張三作某事卻出現在李四的夢中。還有張三和李四共同出現在同一個夢中。

一

武則天當政之時，劉幽求任朝邑縣縣丞。有一次出差，天晚了趕回家。在離家十來里地處，有一間佛堂院，正在路旁。他經過時，聽到廟堂裡邊有歡樂融洽的歌聲和笑聲。寺牆很矮，而且有缺口，路人可盡窺見廟中情景。

幽求低下頭來窺視，看見十數人，男女雜坐。圍繞著好些餐盤進食。自己的妻子竟也在座，而且又笑又說話。

幽求開始時愕然不知所措。心想：妻子不應該這樣放浪。只是想不通。又不願馬上離開。再仔細看，果然是妻子。容止言笑，與常日無不同。想進屋去看，只是廟門緊閉，進不去。於是他拾起一塊破瓦片，向裡面丟進去。結果丟中菜盆，菜水迸出，菜盤打破。眾人走散，忽然不見。

幽求和從人翻牆察看，卻不見殿上廡下有人。廟門依舊關著，於是急急趕路回家。到了家中，妻子正在睡覺。看到先生回來了，不免要問候一番。

妻子忽然笑著說：「剛剛夢見和好幾十人遊一廟，都不認識。大家在庭院中聚餐。有人自寺外丟進瓦片，使杯盤破散，菜水四溢。忽然便醒了。」

幽求乃告訴妻子適才經過。

這便是張三作夢而被李四遇見了。

二

唐元和四年，監察御史元微之奉使到劍門南、即今日之四川，走了差不多十幾天。我（白行簡自稱）和二哥樂天、還有隴西郡的李杓直一同到曲江遊覽，走到慈恩院佛舍參拜觀光，停留了好一會兒才離開。

日色向晚，我們到了杓直在修行里的寓所，喝酒、聊天，甚為高興。

二哥拿起杯停了一下，說：「微之應該已到達梁州了吧？」命題詩一首於屋壁上：

春來無計破春愁，醉折花枝作酒籌。
忽憶故人天際去，計程今日到梁州。

這是二十一日的事。

十來天後，梁州有信使到，捎來元微之的信。信後有〈紀夢〉詩一首。詩云：

夢君兄弟曲江頭，也入慈恩院裡遊。
驛吏喚人排馬去，覺來身在古梁州。

寫詩的日月，和我們遊曲江的日月完全相同。

這便是張三的行為，為李四在夢中遇見。

三

唐貞元中，扶風竇質和京兆韋旬自河南的亳（音播，約當今河南商丘）到陝西（秦），住宿在潼關一間客棧中。竇質夢見到華嶽祠，見一女巫，膚色黑而修長，穿著青色裙子和素色襖子，在路上行禮相迎，請為她向神祝拜。竇質不好意思拒絕，遂答應了。問女巫「貴姓？」女巫說「姓趙。」而後就醒了。把夢中情形告訴了韋旬。

次日，竇質到了祠下，果然有女巫迎接客人。穿的衣服和容貌舉止，正是夢中所見。他對韋旬說：「夢有應驗了。」因此吩咐隨行的僕人看錢囊，找出兩鐶錢，給了女巫。女巫拍掌大笑，對同伴說：「和我所夢到的情形一樣。」

韋旬吃了一驚，問女巫是怎麼回事。

女巫答道：「昨天晚上夢到有兩人從東邊來。一位較矮而有鬍子的禱神。得錢二鐶。大亮了，我把夢中經過告訴了同伴們。今天居然應驗了。」

竇質於是問巫姓氏。同夥的都說：「姓趙。」

張三夢到李四，李四同時也夢到張三，好像符節一樣互相吻合。這就是所謂的兩相通夢。

十一、李謩

盧子

開元中，李謩吹笛為第一部❶，近代無比。有故請假至越州，公私更讌❷，以觀其妙。時州客舉進士者十人❸，皆有資業，乃醵❹二千文，同會敬湖。欲邀李生，湖上吹之，想起風韻，尤敬人神。以費多人少，遂相約各召一客。會中有一人，日晚方記得，不遑❺他請。其鄰居有獨孤生者，年老，久處田野，人事不知❻，茅屋數間，嘗呼為獨孤丈，至是，遂以應命。到會所，澄波萬頃，景物皆奇。李生拂笛，漸移舟於湖心。時輕雲蒙籠❼，微風拂浪，波瀾陸起❽。李生捧笛，其聲始發之後，昏曀齊開❾，水木森然❿，髣髴如有鬼神之來。坐客皆更贊詠之。以為鈞天⓫之樂不如也。獨孤生乃無一言。會者皆怒。李生為輕己，意甚忿之。

良久，又靜思作一曲，更加絕妙，無不賞駭。獨孤生又無言。鄰居召至者甚慚悔。白於衆曰：「獨孤村落幽處，城郭稀至[12]。音樂之頻率所不通[13]。」會客同誚責之。

獨孤生不答，但微笑而已。

李生曰：「公如是，是輕薄、為復是好手？」

獨孤生乃徐曰：「公安知僕不會也？」

坐客皆為李生改容謝之。

獨孤曰：「公試吹涼州。」

至曲終，獨孤生曰：「公亦甚能妙，然聲調雜夷樂。得無有龜茲之侶乎？」

李生大駭，起拜曰：「丈人神絕，某亦不自知。本師實龜茲人也。」

又曰：「第十三調誤入水調[14]，足下知之乎？」

李生曰：「某頑蒙，實不覺。」

獨孤生乃取吹之。李生更有一笛，拂試以進。

獨孤視之，曰：「此都不堪取，執者粗通耳。」

乃換之。

曰：「此至入破⓯，必裂。得無𢘐惜否？⓰」

李生曰：「不敢。」

遂吹。聲發入雲，四座震慄。李生蹙踖⓱不敢動。至第十三疊，揭示謬誤之處。敬伏將拜。及入破，笛遂敗裂，不復終曲。

李生再拜。衆皆帖息⓲，乃散。

明旦，李生并會客皆往候之，至、則唯茅舍尚存。獨孤生不見矣。

越人知者皆訪之，竟不知其所去。

校志

一、本文據《太平廣記》卷二百零四〈李謩〉條校錄，予以分段，並加註標點符號。

二、文後註云：「出《逸史》。著者盧子。不知何許人也。」

導讀

一、唐朝文藝鼎盛。詩與小說之外，音樂也大放光彩。據劉瑛著《唐代傳奇研究》一三〇頁載：

北魏之際，外國樂曲傳入中國，於是俗樂大盛，音樂的範圍也擴大了。隋的胡樂，乃是承繼北魏而來，立有九部樂，包括：燕樂、清商、西涼、扶南、高麗、龜茲、安國、疏勒、康國等是。前二者，乃是我國固有的音樂，其他都是外來的。唐初沿襲隋制，貞觀時改為十部，十部者，加高昌、天竺，去扶南。唐明皇具有音樂的天才，既精於顧曲，又能創新聲。他的〈霓裳羽衣曲〉實從西涼樂〈婆羅門〉而改作（見賀應麟：《元曲概論》）。

同書一三一頁載：

玄宗皇帝懂音樂，好音樂。他設立梨園、教坊，組織龐大。而梨園供奉，都是一時國手。

玄宗設梨園、教坊，置梨園使及樂工三百餘人。開元二年，有音樂博士，第一曹博士，第二曹博士。京都置左右教坊，掌俳優雜伎，以中官為教坊使。其官制：設太樂署，改太樂為樂正。有府二人，史六人，典事八人，掌固六人；文武公舞郎一百四十人，散樂二百八十二人，伎內散樂一千人，音樂人一萬零十七人（《新唐書》卷四十八〈百官志〉三十一）。聲勢的浩大，組織的龐大，真是曠絕古今，尤以梨園供奉，都是一時的國手。

是以，傳奇中以音樂為體裁的不少。如《甘澤謠》中的〈許雲封〉，《博異志》中的〈呂鄉筠〉，都是有關笛的故事。

二、唐李肇《國史補》中有一條提到李謩的故事：

李舟好事，嘗得村舍烟竹，截為笛，堅如鐵石，以遺李謩。謩吹笛天下第一。月夜泛江，與同舟人吹，寥亮逸發。俄有客於岸，呼酒請載。既至，請笛而吹，甚為精妙，山石可裂。謩平生未嘗見。及人破，呼吸盤擗，應指粉碎。客散不知所之。舟人著記疑其蛟龍也。蓍嘗秋夜吹笛於瓜洲。檝載甚隘。初發調，群動皆息。及數奏，微風颯然立至。有頃，舟人賈客，有怨歎悲泣之聲。

三、至於笛，明胡震亨《唐音癸籤》卷十四中說：

笛有雅笛、羌笛。唐所尚，殆羌笛也。其樂與鷵篥、簫、笳列橫吹部者同。有悲風、歡樂樹等四十餘曲，見前鼓吹曲內。乃如關山月、折楊柳、落花梅，唐人咏吹笛多用之。而橫吹部曲名獨亡述者，知當時笛曲尚多入樂署行，用者亦非全耳。玄宗雅好斯樂，傳記稱其御玉笛為貴妃倚曲者不一事，而其時笛工孫處秀始作犯聲，人以新異競相效習。曲有犯調，則曲益繁多，當不可復紀矣。乃談者獨稱李謨，謨嘗吹笛江上，寥亮逸發，能使微風颯至，舟人賈客有怨嘆悲泣之聲，感蛟龍出聽，或有之。至謂玄宗按樂上陽，謨傍宮牆竊得其譜，見元稹及張祜詩。以謨為長安少年。稹世豈有天家屋垣，僅如牕隔，能屬耳得聲調宛悉者哉。考之謨本教坊子弟，隸吹笛第一部，明皇嘗召之，與永新娘遂曲者。樂譜正所有事，何需竊聽。好事者姑為說，詫天上樂不易流傳爾。惟謨所論笛一聲出入九息，一疊十二節，一節十二敲，笛材一歲伐，過期伐音窒，未期伐音泛；

遇主音必裂；為深得笛理可取。蓋謨之外孫許雲封，為韋刺史應物述云。

註：謨、即謩。

筆者自幼即好玩樂器。京胡、二胡、笛、簫，甚至嗩吶，都略有涉獵。小學時即好吹笛。原吹蘇笛。讀大學時，一位國樂隊的笛手送給筆者一支梆笛。梆笛管較短，較細，音較高。蘇笛較粗，較長，音較低。至於何謂羌笛，何謂雅笛，則一無所知。

註釋

❶吹笛為第一部——白居易〈琵琶行〉：「名屬教坊第一部。」

❷醼——或作燕，亦作宴。宴請。

❸舉進士——舉人試於禮部者曰進士。

❹醵——斂集眾人之資財曰醵。醵二千文：大家湊集二千文錢。

❺不遑他請——來不及向別處邀請客人。遑：暇也。不遑，沒有時間。

❻人事不知——不懂人情世故。

❼蒙籠——茂密貌。

❽陡——音斗。突然。猝然。

❾昏曀——曀、音翳。天陰沈。

❿水木森然——森然：整肅的樣子。

⓫釣天——上天。

⓬村落幽處，城郭稀至——幽處村莊之內，很少一入城市。意謂「沒見過世面。」

⓭音樂之頻率所不通——不懂音樂的節拍。

⓮誤入水調——應該是節拍較慢的音調。

⓯入破——《唐書．五行志》：「天寶後，樂曲多以邊地為名。有伊州、甘州、梁州等。至其曲遍繁聲，皆謂之入破。或謂大抵繁絃急響，喻為破碎，故名入破。」我們以為。當是音高調急，到達一般人的聲帶無法達到的程度。應是入破的意思。像京戲〈四郎探母〉「叫小番」那一段，平常人唱不上去，必須用假嗓。似乎便是「入破」的意思。

⓰悋惜——捨不得。悋惜：吝惜。

⓱蹙踖——恭敬不寧之貌。

⓲帖息——帖、帖服。息、不出聲。

語譯

唐玄宗開元中，李謩吹笛，名屬教坊第一部。他吹笛的技巧，近代無人可比得上。有一次他請事假，到越州。官方和私人，爭相宴請，要一欣賞他的奇妙的笛聲。

其時，越州挑選了十位進士，都是家有資業的讀書人。他們湊了二千文錢，在敬湖地方集會。想邀請李謩，一睹他的風采、絕藝。由於人數少，而費錢已多，遂約定：每一人再帶一位客人。

十人之中的一人，約會當天傍晚才想起有這麼一回事。要去邀別的賓客，已無時間。他的鄰居有一名姓獨孤的老者，一直住在鄉下，不太懂人情世故。住在茅屋之中。常稱他獨孤丈人。因此，便邀他湊數。

到達聚會的地方，只見萬頃湖水，清波盪漾。景物甚是奇特。船移到了湖心，其時，薄霧蒙籠，輕風吹浪。波瀾猝然升起。李生拭擦所持笛，準備演奏。李生雙手捧笛，接近嘴唇。笛聲初起，雲翳都散開了，湖水和岸樹都肅然，似乎迎候鬼神的到來。坐客讚歎之聲，此起彼落。都以為天上的音樂也不過如此吧。只有獨孤老頭，一語不發。與會者都不高興。

李謩覺得獨孤看不起他，心中也忿忿不平。

好一會兒，李謩再奏一曲，較前所奏者更為精妙。會眾莫不驚賞歎服。獨孤老頭卻還是無動於中，默不作聲。邀他與會的那一位進士甚覺慚愧，向大夥人說：「獨孤老先生一直幽居村落之內，很少去城市。音樂節拍，他不瞭解。」會客同聲譏笑謾罵。

獨孤生不理，只微笑。讓人莫測高深。

李謩說：「足下如此，是輕薄，還是因為足下是弄笛好手？」

獨孤生慢慢的，答道：「你怎知道我不會吹笛呢？」

坐客乃改容致歉。

獨孤乃向李謩說：「你試吹一曲梁州。」

一曲吹了，獨孤生說：「你也真吹得不錯。只是聲調中摻雜了夷人的樂聲。是不是有龜茲的朋友？」

李謩大驚，起身致意。說：「老人家可真是神人。我自己不覺得。我的師傅確是龜茲人。」

獨孤又說：「你第十三調誤入水調，你知道嗎？」

李謩說：「我愚笨，實在沒察覺到。」

獨孤便取笛準備吹奏。李謩另有一管笛，便拿來開拭乾淨獻上。

獨孤看了看，說：「這管笛不行，初學者用用還可以。」

於是換了另一管。

獨孤又說：「這一管笛，奏到了入破時，一定會裂開。你捨得嗎？」

李謩說：「不敢。」

於是獨孤開始吹奏，聲響入雲，四座震驚。李謩動都不敢動。吹到第十三疊，指出李生謬誤的地方。正要拜謝之時，曲正入破，笛真的破裂開了，因此不得終曲。

李謩再拜。眾人都屏息帖服。之後散會。

次日，李謩和參加宴會的客人都去拜候獨孤。到的時候，茅屋依然，獨孤生已不見了。

十二、綠翹

皇甫枚

西京❶咸宜觀女道士魚玄機❷，字幼微，長安里家女也❸。色既傾國，思乃入神。喜讀書屬文，尤致意一吟一咏。破瓜之歲，志慕清虛❹。咸通❺初，遂從冠帔於咸宜。而風月賞翫之佳句，往往播於士林。然蕙蘭弱質，不能自持。復為豪俠所調，乃從游處焉。於是風流之士，爭修飾以求狎。或載酒詣之者，必鳴琴賦詩，間以謔浪。懵學輩自視缺然❻。其詩有「綺陌春望遠，瑤徽秋興多」。又「殷勤不得語，紅淚一雙流。」又「焚香登玉壇，端簡禮金闕。」又「雲情自鬱爭同夢，仙貌長芳又勝花。」此數聯為絕矣。

女僮曰綠翹，亦明慧有色。

忽一日，機為鄰院所邀。將行，誡翹曰：「無出。若有客，但云在某處。」機為女伴所留，迨❼暮方歸院。綠翹迎門。曰：「適某客來，知鍊師❽不在，不舍轡而去矣。」

客乃機素相暱[9]者。意翹與之私。及夜，張燈扃戶，乃命翹入臥內[10]，訊之。翹曰：「自執巾盥[11]數年，實自檢御[12]，不令有似是之過，致忤尊意。且某客至，款扉，翹隔闥[13]報云：『鍊師不在。』客無言，策馬而去。若云情愛，不蓄於胸襟有年矣。幸鍊師無疑。」

機愈怒，裸而笞百數。但言「無之。」

既委頓，請盃水酹地曰：「鍊師欲求三清[14]長生之道。而未能忘解珮薦枕之歡[15]。反以沉猜，厚誣貞正。翹今必斃於毒手矣。無天則無所訴。若有，誰能抑我強魂？誓不蠢蠢[16]於冥冥之中，縱爾淫佚[17]。」言訖，絕於地。

機恐，乃坎[18]後庭，瘞[19]之。自謂人無知者。

時咸通戊子春正月也。

有問翹者。則曰：「春雨霽，逃矣。」

客有宴於機室者。因溲[20]於後庭，當瘞上見青蠅數十集於地，驅去復來。詳視之，如有血痕血腥。

客既出，竊語其僕。僕歸復語其兄。其兄為府街卒，嘗求金於機。機不顧，卒深銜之。聞此，遽至觀門覘[21]伺。見偶語者，乃訝不睹綠翹之出入。

街卒呼數卒，攜鍤具[22]；突入玄機院，發之。而綠翹貌如生平。遂錄[23]玄機京兆府。吏詰之，辭伏。而朝士多為言[24]者。府乃表列上。至秋，竟戮之。在獄中亦有詩曰：「易求無價寶，難得有情郎。」「明月照幽隙，清風開短襟。」此其美者也。

校志

一、本文據商務《舊小說》卷七《三水小牘》與《太平廣記》卷一百三十〈綠翹〉校錄，予以分段，並加注標點符號。

二、「易得無價寶，難得有情郎。」全詩抄錄如次：「羞日遮羅袖，愁春懶起粧。易求無價寶，難得有情郎。枕上潛垂淚，花間暗斷腸。自能窺宋玉，何必恨王昌？」最後兩句，說盡了她一生的悲哀。向來的大膽！

導讀

魚玄機是唐代有名的女詩人。《唐詩研究》著者胡雲翼說：「她的詩僅一卷，但沒有一首不可讀的。」又說：「單就詩的成就說，魚玄機還不及薛濤。」

元辛文房所著《唐才子傳》〈魚玄機〉條載：

玄機，長安人，女道士也。性聰慧，好讀書，尤工韻調，情致繁縟。咸通中及笄，為李億補闕侍寵。夫人妬不能容，億遣隸咸宜觀披戴。有怨李詩云：「易求無價寶，難得有情郎。」與李郢端公同巷，居止接近，詩筒往反。復與溫庭筠交游，有相寄篇什。嘗登崇真觀南樓，睹新進士題名，賦詩曰：「雲峯滿目放春情，歷歷銀鈎指下生。自恨羅衣掩詩句，舉頭空羨榜中名。」觀其志意激切，使為一男子，必有用之才，作者頗賞憐之。時京師諸宮宇女郎，皆清俊濟楚，簪星曳月，惟以吟詠自遣，玄機傑出，多見酬酢云。有詩集一卷，今傳。

明計有功的《唐詩紀事》卷七十八〈魚玄機〉條載：

臨江樹云：「草色連荒岸，烟姿入遠樓。葉鋪秋水面，花落釣人頭。根老藏魚窟，枝低拂客舟。（拂一作傍）蕭蕭風雨夜，驚夢復添愁。」

玄機，咸通中西京咸宜觀女道士也，字幼微。善屬文，其詩有「綺陌春望遠，瑤徽春興多；」又「殷勤不得語，紅淚一雙流；」又「焚香登玉壇，端簡禮金闕；」又「雲情自鬱爭同夢，仙貌長芳又勝花。」後以笞殺女童綠翹事下獄，獄中有詩云：「易求無價寶，難得有情郎。」又云：「明月照幽隙，清風開短襟。」

我們讀薛濤的詩，由於她和當代大詩人劉禹錫、元稹、白居易等酬唱，詩品極高，眼界甚闊。她的詩，可說都是詩人的詩。而魚玄機常「不能忘解珮荐枕之歡」，所以有「自能窺宋玉、何必恨王昌！」一類的大膽露骨的詩句。在格上便輸給了薛濤。她嘲弄患小疝氣的詩人說：「山氣日夕佳。」對方還她一句：「眾鳥欣有託。」可見其人品了。（引用的都是陶詩。）

唐代婦女或有藉入道為女冠而高張艷幟者，本人著〈從傳奇看唐代婦女〉一文可資參考，是文見諸「中華文化復興月刊」，後收入該月刊社發行之《中國古典研究》一書中。本文她笞殺綠翹，經告到官裡，為京兆溫璋決殺。實在是罪有應得！

註解

❶西京——開元間，以河南府為西京，即今之洛陽。天寶初以長安為西京，至德間以鳳翔為西京。《唐才子傳》〈魚玄機〉條稱玄機為「咸通中長安女道士。」此處「西京」應該是指長安。

❷魚玄機、字幼微。原是補闕李億的小妾，因色衰愛弛，淪為女冠。

❸長安里家女也——意謂原是倡家之女。

❹清虛——道家主清虛。響慕清虛，故入道觀為女冠。

❺咸通——唐懿宗年號。共十四年。

❻觖然——觖，同缺。

❼迨——迨暮方歸：直到天黑才回來。

❽鍊師——道士德高思精者謂之鍊師。

❾素相暱者——素來相親愛的。即情人。

❿臥內——寢室。

⓫執巾盥——拿著毛巾洗臉盆。

⓬實自檢御——實實在在自制、自檢。

⓭隔闔報云——隔著門扇報告說。

⓮三清——佛家修行目的在成佛。道家登三清。道家以玉清、上清、太清為三清。按道家之書，四人大外，

曰三清境。又云聖登玉清，真聖上清。仙登太清。今道觀供奉三清，以元始天尊、太上道君和太上老君分三清。

⓯解珮荐枕之歡——解下衣帶上的玉佩，獻上枕頭。即侍寢。謂雲雨之歡。

⓰蠢蠢——虫子蠕動。此處，綠翹的意思是：不會只像虫子一樣慢慢的行動。會採取激烈的行動之意。

⓱淫佚——佚、也是淫。淫佚、淫蕩。淫慾。

⓲乃坎後庭——挖開後院之地。

⓳瘞——埋。

⓴溲——小便。動詞。

㉑至觀門覘伺——到道觀的門口窺伺。

㉒鍤具——挖土的工具。

㉓遂錄——遂告發、登錄。

㉔朝士多為言——多有為魚玄機關說者。

語譯

長安咸宜觀的女道士魚玄機，字幼微，本是長安北里出身的女孩。因為長得十分美麗，所以思想也高人一等。喜歡讀書，作文章。尤其會作詩。十六歲的時候。羨慕道家的清虛，咸通初年，進入咸宜觀作道士。但她玩風弄月的詩句，卻在士林中傳播不絕。而她的蕙質蘭心，也不能抑制。又為一些豪俠之士所調戲，於是便和那些男士們來往游玩。於是風流人士，都打扮得整整齊來求親近。或者帶酒菜來聚飲，都一定會彈琴、作詩，間相調笑。

魚玄機有名的詩句，如：

綺陌春望遠，瑤徽秋興多。
殷勤不得語，紅淚一雙流。
焚香登玉壇，端簡禮金闕。
雲情自鬱爭同夢，仙貌長芳又勝花。

這幾聯，最為人所稱讚。

她有一個女僮，也長得聰明俊俏，名叫綠翹。

話說有一天，玄機為鄰院所邀。臨離開前，她叮囑綠翹說：「不要離開，若有客人來，告訴我在何處。」

玄機為女伴留住，遲至日暮方回歸道觀。

綠翹為她開門，告訴她：「剛剛有一位客人來，知道您不在，連馬沒下便走了。」那一位客人乃是玄機經常親密的相好。她懷疑綠翹和這位客人私下有來往。等到天黑了，她點上燈，關上門，把綠翹叫到臥房盤問。

綠翹說：「自從我伺候您幾年來，我自己非常檢點。不可能會有這種過錯，得罪於您。而且這位客人來到時，我隔著門告訴他：『鍊師不在。』他一言不發，立即策馬而去。談到情愛，我早死了這條心。希望鍊師不要見疑。」

但玄機認為綠翹壞了她的好事，脫去綠翹的衣服，鞭打了她一百多下。綠翹只說：「沒有。」

綠翹被打得奄奄一息，因請求一盃水，她把水澆到地上，咒說：「鍊師想求三清長生之道，卻忘不了和男人交歡的快活，還心懷猜忌，厚誣貞正之人。我今天是活不了啦，一定會死在妳手上，沒有天神便罷，若有，誰也攔不住我這個冤魂，我發誓不會像毛蟲一樣捲伏在冥冥之中，讓妳淫蕩過日子。」說完，倒地氣絕。

玄機害怕，便在後院挖了一個洞，把綠翹給埋了。以為人不知鬼不覺。

這是咸通戊子年春天元月的事。

有人問起綠翹，玄機說：「春雨過去了，天晴了，她逃跑了。」

有一位參加玄機宴會的客人，到後庭方便，看見葬人處有好些青蠅，趕走了又回集。仔細觀察，發現其處有血的痕跡，還有血的腥味。

客人離開玄機處後，密說給僕人。僕人又告訴了他的兄長，一名街卒。這名街卒曾向玄機討錢，玄機不理，因此懷恨在心。聽到他兄弟說後庭血迹血腥之事，趕到觀門前探窺。見到有人互相對話時，都訝異不見綠翹出現。

這位街卒另叫了幾位街卒，拿了挖土工具，突然闖入玄機後院開挖，發現了綠翹的屍體，宛如生時。

於是告到京兆府。府吏審問玄機，玄機招認了。還有好一些朝廷的官員還為玄機關說呢。

於是京兆府乃向上呈報。秋天，行刑。

十三、盧涵

裴鉶

開成中❶，有盧涵學究❷，家於洛下。有莊於萬安山之陰❸。夏麥既登❹，時果又熟，遂獨跨小馬造其莊。

去十餘里，見大柏之畔，有新潔室數間，而作店肆。時日欲沉，涵因憩焉。睹一雙鬟，甚有媚態。詰之。云：「是耿將軍家守塋青衣❺，父兄不在。」涵悅之。與語，言多巧麗，意甚虛襟❻。盼睞明眸❼，轉資態度。謂涵曰：「有少許家醞，郎君能飲三兩杯否？」

涵曰：「不惡。」

遂捧古銅罇而出，與涵飲，極歡。

青衣遂擊席而謳❽，送盧生酒。曰：

獨持巾櫛掩玄關，小帳無人燭影殘。
昔日羅衣今化盡，白楊風起隴頭寒。

涵惡其詞之不稱。但不曉其理。酒盡，青衣謂涵曰：「更與郎君入室添杯去。」秉燭挈罇而入❾。

涵躡足窺之❿，見懸大烏虵⓫，以刀刺虵之血，滴於罇中，以變為酒。

涵大恐慄⓬，方悟恠魅⓭，遂出戶，解小馬而走。

青衣連呼數聲曰：「今夕事須留郎君一宵，且不得去。」知勢不可，又呼：「東邊方大，且與我趁取遮郎君！⓮」

俄聞柏林中有一大漢應聲甚偉。須臾回顧，有物如大枯樹而趨，舉足甚沉重。相去百餘步。

涵但疾加鞭。又經一小柏林，中有一巨物，隱隱雪白處。有人言云：「今宵必須擒取此人。不然者，明晨君當受禍。」

涵聞之愈怖怯。及莊門，已三更。扃戶闃然⓯，唯有數乘空車在門外。群羊方咀草次⓰更無人物。

涵棄馬潛趓⓱於車箱之下。窺見大漢逕抵⓲。門牆極高，只及斯人腰跨⓳。手持戟，瞻視莊內。遂以戟刺莊內小兒。但見小兒手足撈空於戟之巔⑳，只無聲耳。良久而去。

涵度其已去遠，方能起扣門。莊客乃啓關。驚涵之夜至。喘汗而不能言㉑。

及旦，忽聞莊院內客哭聲云：「三歲小兒，因昨宵寐，而不蘇矣㉒。」

涵甚惡之。遂率家僮及莊客十餘人，持刀斧弓矢而究之。但見夜來飲處，空逃戶環，屋數間而已㉓。更無人物。遂搜柏林，見一大盟器婢子㉔，高二尺許，傍有烏虵一條，已斃。又東畔柏林中見一大方相骨㉕。遂俱毀拆而焚之。尋夜來白物而言者，即是人白骨一具。肢節筋綴而不欠分毫。鍛㉖以銅斧，終無缺損。遂投之於塹㉗而已。

涵本有風疾，因飲虵血而愈焉。

校志

本文依照世界書局本「傳奇」與「太平廣記」卷三七二校錄，予以分段，並加標點符號。

註釋

❶開成——唐文宗年號，共五年。自西元八三六至八四〇年。

❷學究——唐時應「學究一經科」考試者曰學究。

❸有莊於萬安山之陰——在萬安山北有一座收藏谷物的莊子。

❹登——成熟。

❺耿將軍青衣——耿將軍家的婢女。古時賤者服青衣。後世因以「青衣」為稱婢女之詞。

❻意甚虛襟——虛襟、此二字費解，可能是當時俗語。

❼盼睞明眸——曹植「洛神賦」：「明眸善睞。」盼——動眼睛。睞、視也。明亮的眼珠子轉動。

❽謳——徒歌曰謳。謳、清唱。

❾秉燭挈罇而入——手持蠟燭，拿著酒樽入內去。

❿躡足窺之——輕手輕腳的跟著偷看。

⓫大烏虵——虵、蛇俗字。大烏虵。大黑色的蛇。

⓬恐慄——恐、害怕。慄、戰慄。恐慄、怕得發抖。

⓭方悟怪魅——方想到是妖怪鬼魅。魅、怪物。

⓮趁取遮郎君——遮、遏止。趕快止住那位先生吧。

⓯扃戶闃然——扃、外閉之關。闃、靜也。扃戶闃然：門靜靜的關著。

⑯群羊方咀草次——一群羊子正在咀嚼草料。次、有「正在」的意思。
⑰跧——伏也。
⑱窺見大漢徑抵——看見大漢一直來到。
⑲腰跨——跨、胯也。即大腿。只及斯人腰跨：門牆雖高，才夠得上此人的腰股之際。
⑳手足撈空於戟之巔——小兒被刺在戟上，兩手兩腳在空中舞動，卻發不出聲來。
㉑喘汗而不能言——氣喘、出汗、卻說不出話來。
㉒因昨宵寐，而不蘇矣——因為昨夜睡覺，不能蘇醒過來了！
㉓空逃戶環，屋數間而已——只有門環掛著，人已逃去，空屋數間而已。
㉔大盟器婢子——結盟誓用的假人。作婢女狀。
㉕大方相骨——方相、古來雕塑成神像用以驅逐瘟疫者或用以送葬。
㉖鍜——擊破。鍜以銅斧：用銅斧來擊破之。
㉗塹——溝。

語譯

開成年間，洛下地方有一位叫盧涵的學究，有莊院在萬安山北。其時為夏天，麥子既然收成了，當季的水菓也熟了，於是他跨了一匹小馬，要去莊院。

走了十多里路，看見在一棵大柏樹的旁邊，有全新而又整潔的房子數間，改作店面之用。時太陽將下山，盧涵因下馬休息。

他看見有一位梳了兩個髮髻的女孩，頗為妖媚。問她是何等樣人。小姑娘答道：「是耿將軍家的守墓的婢女。父親和哥哥們都不在。」

盧涵很喜歡她，同她閒聊。姑娘說話很輕巧，很流麗。態度謙虛。明亮的眸子，顧盼生姿。她對盧涵說：「有些家釀美酒，郎君能喝幾杯嗎？」

盧涵說：「很好。」

小姑娘便捧了一個裝了酒的古銅罇出來，給盧涵喝。非常愉快。

丫頭於是打拍子，唱了一個歌，給盧涵送酒。歌云：

> 獨持巾櫛掩玄關，小帳無人燭影殘。
> 昔日羅衣今化盡，白楊風起隴頭寒。

盧涵覺得歌詞很惡劣，卻不知道為什緣故。其時，酒已喝完。小姑娘對盧涵說：「我為郎君再到屋內拿酒去。」她一手拿了蠟燭，一手拿了酒罇。往屋裡去。

盧涵輕手輕腳的跟在後面偷看。只見懸著一條大黑蛇，小姑娘用刀刺蛇，蛇血滴出來，她用酒罇接著，使蛇血變成酒。

盧涵害怕得發抖，知道碰到的是鬼怪。他急忙出來，解下馬韁，急馳而走。小姑娘連叫幾聲，說：「今天一定要留郎君住一宿。不要走！」而後，她知道叫不住盧涵，乃大呼：「東邊方大哥，請你為我制止那一位郎君！」

盧涵聽到柏林中有一大漢厲聲答應。他回頭一看，只見一棵大枯樹，從後追來。腳步聲十分沉重。離他大約一百步遠。

盧涵不敢理會，疾馬加鞭而逃。他路徑一個小柏樹林，林中有一個雪白的地方，有人發聲說：「今天晚上一定要捉到此人。否則，明天受害的便是你了。」

盧涵聽到了，越發害怕。到達莊門，已經是半夜三更。莊門靜靜的關著，門外只有幾輛空車。有一群羊子正在嚼草。更無人物。

盧涵棄馬潛伏在車箱之下。只見大漢一直走來，到了莊門，雖然莊門很高，還只到大漢腰胯之處。大漢手持一戟，注視莊內。忽然用戟刺了莊內一個小兒，只見小兒的身體插在戟的頂端，兩手兩足舞動著掙扎。但卻沒有聲音。過了好些時間才離開。

盧涵忖度大漢已去遠了，才敢起身出來打門。莊客開門，見到盧涵半夜來到，都覺得奇怪。盧涵卻只能喘息，出汗——嚇出來的汗，卻說不出話來。

等到天亮了，忽然聽到莊院內有位莊客哭聲：「三歲的孩子，昨夜睡著了，今天卻起不來了！」

盧涵覺得很不舒服。於是他率領了莊客和家僮十數人，拿了刀、斧、弓箭，要查一個明白。他們到了昨夜盧涵飲酒的地方，只發現幾間空屋子。沒有一個人。他們搜索柏林，看見一個二尺高下的盟器婢子，旁邊有一條已死了的黑蛇。東邊柏樹林中，有一個大方相骨架。於是把它們全折毀用火燒掉。到了雪白發人言之處，又找到一具人骨骸，肢節筋綴俱全。用銅斧砍也砍不破，於是投入溝中。

盧涵本來有痛風的毛病。吃了蛇血，居然好了。

教你讀唐代傳奇
——聶隱娘

作　　者／劉　瑛
責任編輯／辛秉學
圖文排版／周好靜
封面設計／蔡瑋筠

出版策劃／秀威經典
發 行 人／宋政坤
法律顧問／毛國樑　律師
印製發行／秀威資訊科技股份有限公司
114台北市內湖區瑞光路76巷65號1樓
電話：+886-2-2796-3638　傳真：+886-2-2796-1377
http://www.showwe.com.tw
劃撥帳號／19563868　戶名：秀威資訊科技股份有限公司
讀者服務信箱：service@showwe.com.tw
展售門市／國家書店（松江門市）
104台北市中山區松江路209號1樓
電話：+886-2-2518-0207　傳真：+886-2-2518-0778
網路訂購／秀威網路書店：http://www.bodbooks.com.tw
國家網路書店：http://www.govbooks.com.tw

2016年1月　BOD一版
定價：220元

國家圖書館出版品預行編目

教你讀唐代傳奇：聶隱娘 / 劉瑛著. -- 一版. --
臺北市：秀威經典, 2016.01
面；　公分. -- (語言文學類；PG1447)(新視野；11)
BOD版
ISBN 978-986-92379-4-9(平裝)

857.454　　　　104022840

讀者回函卡

感謝您購買本書，為提升服務品質，請填妥以下資料，將讀者回函卡直接寄回或傳真本公司，收到您的寶貴意見後，我們會收藏記錄及檢討，謝謝！

如您需要了解本公司最新出版書目、購書優惠或企劃活動，歡迎您上網查詢或下載相關資料：http:// www.showwe.com.tw

您購買的書名：________________________________

出生日期：________年________月________日

學歷：□高中（含）以下　□大專　□研究所（含）以上

職業：□製造業　□金融業　□資訊業　□軍警　□傳播業　□自由業

　　　□服務業　□公務員　□教職　□學生　□家管　□其它_____

購書地點：□網路書店　□實體書店　□書展　□郵購　□贈閱　□其他

您從何得知本書的消息？

□網路書店　□實體書店　□網路搜尋　□電子報　□書訊　□雜誌

□傳播媒體　□親友推薦　□網站推薦　□部落格　□其他__________

您對本書的評價：（請填代號　1.非常滿意　2.滿意　3.尚可　4.再改進）

封面設計____　版面編排____　內容____　文／譯筆____　價格____

讀完書後您覺得：

□很有收穫　□有收穫　□收穫不多　□沒收穫

對我們的建議：________________________________

____

____

____

請貼
郵票

11466
台北市內湖區瑞光路 76 巷 65 號 1 樓

秀威資訊科技股份有限公司 收

BOD 數位出版事業部

....

（請沿線對折寄回，謝謝！）

姓　　名：____________　年齡：______　性別：□女　□男

郵遞區號：□□□□□

地　　址：________________________________

聯絡電話：(日) ____________ (夜) ____________

E-mail：________________________________